宋长征 著

乡间食味

黄山书社

图书在版编目（CIP）数据

乡间食味 / 宋长征著. -- 合肥：黄山书社，
2020.10
（慢活书系）
ISBN 978-7-5461-8502-6

Ⅰ. ①乡… Ⅱ. ①宋… Ⅲ. ①散文集—中国—当代
Ⅳ. ①I267

中国版本图书馆CIP数据核字（2019）第259190号

乡间食味 宋长征 著
XIANGJIAN SHIWEI

出 品 人 贾兴权
策　　划 张月阳
责任编辑 张月阳
内文插图 王世会
装帧设计 私书坊 _ 刘　俊
出版发行 时代出版传媒股份有限公司（http://www.press-mart.com）
黄山书社（http://www.hspress.cn）
地址邮编 安徽省合肥市蜀山区翡翠路 1118 号出版传媒广场 7 层　230071
印　　刷 安徽联众印刷有限公司
版　　次 2020 年 11 月第 1 版
印　　次 2020 年 11 月第 1 次印刷
开　　本 880mm × 1230mm 1/32
字　　数 170 千字
印　　张 7.75
书　　号 978-7-5461-8502-6
定　　价 56.00 元

服务热线 0551-63533706
销售热线 0551-63533761
官方直营书店（https://hsss.tmall.com）

序：炊烟的根脉

更早更早的从前，人生活在荒野与丛林，兽的脚步在夜色中逡巡，可听见惊悚的低吼。守护家园的人不敢沉睡，即使假寐的瞬间，也能看见梦中的村庄与城邑，只是不知道未来的路有多远，只是不知道如此担惊受怕的日子还有多长。智者的诞生，从来不是用天才就可界定，这需要时间的熬煮，需要在一次次痛定思痛之后陷入深深的反思：若要躲避无边的惊悚与荒寒，就要在大地上修建属于自己的家园。

烧荒垦种，是一个关联词语，燔野之火，烧出了一条艰难的生存之路——野蛮归野蛮，除此之外还能有什么更好的办法呢？

我的眼前经常会出现这样一种意象：炊烟升起，在有风的暮色之下飘荡。此时的天空近乎一张沉默的宣纸，白色炊烟犹如被一支无形的时间之笔着墨，点染，勾勒，在烟青色的背景上描画出一幅印象派水墨，流畅的线条，独特的晕染效果，如果仔细分辨，尚能分辨出哪一缕是我家升起的炊烟。因为日子单薄，笔画显得虚幻、空灵了许多。

人类定居下来，锅碗瓢盆就成了日常所需。再早一些时期的石碗、石釜太过笨重，尚不适宜逐水而居，就从附近的池塘或湖泊采来青碧的荷叶，衬在用泥巴抟成的盆状物底部，钻燧取火，引燃，烹煮采集而来的原始谷物，或者狩猎得来的野物。这是继茹毛饮血之后的巨大变革，以炊烟作为引子开启了人类早期的群居生活。

这荷叶衬托的盆状物即是陶的雏形。泥土是大地上的泥土，被摔打，被抟转，被切割，被做成一个个器皿的形状。火光燃起，泥土在火焰中历练，一次次煅烧筋骨，就有了源远流长的土陶艺术。陶的早期，即是作为生活的陪伴诞生在村庄侧旁，朴拙，沉默，在憨厚的表情之下潜藏着一颗悲悯之心。这时的炊烟尚未葱茏，只是一缕缕从流水的河畔扶摇上升，洞见了先民简单的日常。陶制的鼎、甑、鬲、釜、罐，是为了盛放漫长的光阴；泥土做的地灶、砖灶、石灶，是为了将谷物与野物炊熟，以面对日月沧桑；粗劣的钵、碗、盘、盆作为食具，足以让人体会到岁月的艰辛。

即便如此，生活也要继续。传说中彭祖为尧帝烧制的“雉羹”，大概就是在土陶的炊具中烹饪而成。“彭铿，彭祖也。好和滋味，善斟雉羹，能事帝尧，帝尧美而飨食之也。”尧帝病，彭祖捉来一只野鸡烹制羹汤，不多时飘溢出鲜美的味道，病愈之后的尧帝大悦，喊来彭祖接受封赏，到徐州一带建国称王，便是彭城的来历。

我家也使用过土陶的器皿，即便是现在，当我端起一只廉价的青花瓷碗，依然能看见乡间炊具一路走来的仆仆风尘。炊具器皿革新，细致精巧的青铜食具登上历史舞台，不仅由于导热较快提高了烹饪效率，而且彰显出了贵胄之家的奢华与礼仪——这也是后来青铜器进化成礼器的原因之一。贵族们在举行祭祀、宴飨、征伐及丧葬等礼仪活动中，以此来表明使用者的身份、等级和权力。到了春秋时代，在一些经济发达地区，铁制炊具逐渐出现，相较于青铜炊具则更为亲民。

每当过年，我家的门上就会贴上“五谷丰登，六畜兴旺”的对联，是希望在新一年里风调雨顺，风风火火。此时的炊烟有祝福的意味，谷神在天，灶神在地，一缕炊烟就是衔接天地的缥缈经幡，祈求家园康乐平安。

一只羊在老河滩上奔跑，它不知道自己的来路，也不知道归途，骨子里的情愫只是在青草萌芽的季节开始萌动。还需要什么呢？自从母系氏族社会开始，羊就开始了陪伴先民的旅程。水草丰美，就是羊最幸福与满足的时光，在清水中看见自己温和的容颜，在睡梦中听见农人亲切的呼喊，山一程水一程，有了羊的村庄就多了几许祥和之气，在临近春节的时候，它们将被作为乡土的牺牲供上桌案。

牺牲应该是一个褒义词，无论是用来刻画英雄，还是取其本义。猪牛羊三牲，作为丰盛的祭品摆放在祖先与神灵面前，就足以表明了我们对天地的虔诚。原牛是一种颇具传奇色彩的野生牛类，在有记载以前分布在东至中国西至法国的广袤地带。或许在驯化的过程中，原牛也有过挣扎与抗争，一次次将愤怒的眼神投向高举的鞭子，却又一次次踏着疲惫的脚步归返——弱肉强食的森林法则让它不得不思忖个体的安危与家族的未来。那么好吧，一头牛的陪伴可谓绵长，从大约 7000 年以前开始沉重的耕耘，一路风霜雪雨，进化成农人最为忠诚可靠的帮手。

这是对物种起源的简单剖解，在面对被屠宰的命运时仍然让人觉得唏嘘，没有人能阻挡它们作为食物的诱惑，就如同世界本身到处隐藏着悖论。但至少，作为食物链顶端的我们还是要有一些悲悯之心，毕竟是它们献出血肉与力量供养了生活在大地上的我们。

又是一年麦黄天，布谷在夜色中游走，毫厘不爽地敲响节气的鼓点。谷物春华秋实，原产于黄河流域的粟是最早的粮食，所以夏与商属于“粟文化”时代。粟与狗尾草同宗同源，广泛分布在黄河两岸，当时的温度比现在要高出 2~3℃，降水不多但集中在夏季，在人类活动的影响下，狗尾草的一个分支逐渐进化成了粟，也就是现在的谷子。

粟又叫稷，后稷的稷。后稷为谷神，传说从童年时期就开始研究种麻与菽，成人之后，可相地之宜，哪片土地可种谷子，哪片土地可种小麦，哪片土地适宜播种麻和豆子，后稷抓起一把土就能看出，于是做了掌管农业的官，教民耕种，这也是后稷被称为谷神的原因。

在铁制锅釜代替了土陶与青铜器之后，动物性油脂和调味品开始问世，为独具中国特色的油烹法提供了充足的条件。菜品也开始出现了南北风味的分野，地方菜系开始崭露头角。其中北菜以现在的豫、秦、晋、鲁一带为中心，辐射整个黄河中下游，以猪犬牛羊为主料，注重烧烤煮烩，崇尚鲜咸，汤汁醇浓；南菜以现今的鄂、湘、吴、越一带为中心，遍及长江中下游地区，淡水鱼鲜辅以野味，鲜蔬拼配佳果，注重蒸、酿、煨、炖，酸辣调和以滑甘，且偏爱冷食。这一分野到汉魏六朝时继续演进，由二变四，逐步显示出四大菜系的雏形。

火候之法相当于艺术领域的灵感一词，因其不可捉摸性而全靠庖厨者的经验获得，是说在烹煮的过程中根据原料的老嫩硬软、厚薄大小和菜品的制作要求而所采用的火力大小与时间长短。父亲坐在灶膛前，喷吐的火苗就是足以掌控的灵感，母亲司厨，在多年的乡村生活中为我们提供了一碗热粥的温暖，虽说家境贫寒，也会偶尔发挥一下多年积累的厨艺经验，做出一桌尚算丰盛的饭食。没有人抱怨，生在乡间的我们深刻体悟到一粥一饭来之不易，没有人轻言放弃，而是在与生灵和谷物的陪伴中负重前行。

乡间炊事的发展就是整个社会发展的缩影，在这漫长的光阴中，你能看见富者的奢华与铺排，也能看见贫者的无奈与坚忍。几乎每一件现代器皿都刻印着日渐消逝的旧时风物的光影，几乎每一步前行都是踏着先民的足迹，几乎每一叶菜蔬、每一粒谷物都保持着生动的容颜，几乎每一种图腾都暗藏神迹，在冥冥之中佑护着村庄与大地。

炊烟是有根的事物，当暮色降落田野，一缕缕炊烟从村庄的上空升起。如果仔细倾听，你一定能听见远方传来麦子拔节的声音，流水轻泠的回声，耕牛悠长的哞鸣，甚至母亲唤归的声音。沿着长长的田垄，沿着炊烟升起的方向，回家。

目录

第一辑　炊具部

从厨房到堂屋二十一步，从堂屋到厨房二十一步，母亲走了一辈子

厨房手札 _ 002

秫秸以及秫秸梃子的延伸 _ 006

一把菜刀在乡间游走 _ 012

风箱入定 _ 018

七步之外是一口大铁锅 _ 024

瓯是一种怎样的情致 _ 030

柳木判案 _ 035

锅里长出一根树柯杈 _ 041

日高人渴慢思茶 _ 046

等一等，笊篱在喊你 _ 052

火光映红灶神的脸庞 _ 058

炊烟乱 _ 064

提刀夜行 _ 069

第二辑　风俗部

记忆中的每一天都是节日，你对我说。夕阳落在有神居住的村庄

说土语的筷子 _ 076

葫芦藤上结西瓜 _ 080

六指豆腐 _ 085

冰鉴 _ 091

黄金时代的烤肉图谱 _ 096

煎饼在雪中飘 _ 102

馓子的隐喻 _ 108

点心记：黑暗中的甜 _ 113

豆饭以及排序小考 _ 118

乡村礼簿 _ 123

饕餮养成记 _ 128

小食单 _ 134

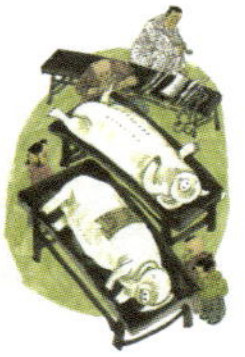

第三辑 牺牲部

乡间的每个生命都是天使，度化自己，也度化我们苦难的一生

如何祭奠一只羊 _ 144

一颗好头迎春来 _ 151

鸡鸣喈喈 _ 156

鸭子飞了 _ 161

泥鳅隐士 _ 167

一纸鹅书 _ 171

八十年代的小牛 _ 177

土狗笔记 _ 183

第四辑 作料部

沸水里开花，草木之香入梦，我在一片叶子下酣眠，醒来已是地老天荒

酵母是一只叫乡愁的小虫 _ 190

作料，佳丽之书 _ 196

草木十二钗 _ 220

从厨房到堂屋二十一步，
从堂屋到厨房二十一步，
母亲走了一辈子

炊具部

第一辑

厨房手札

火焰从灶膛里伸出来，像一条鲜红的舌头，舌头的余温在一只铅壶上舔，舔着舔着就燎开了一壶水。我二哥在村东烧窑，把用来浇釉的铅攒下来，等浇铸铅壶的来到村里，烧成流动的铅水，浇成一把壶。那壶用了很久，只是烧出来的水有草木灰的气息。

这是我家最早的一座厨房，跟堂屋挨着，东首，东山墙有一个小小的窗户，很高，最早迎接新一天的日光。现在是晚上，我躺在柴草窝里。我一直以为柴草窝才是最好的地方，麦秸软乎、干净，叶子酥脆，躺上去先是一阵窸窸窣窣的声音，灶膛里的火舌舔着，一会儿就能入梦。

厨房也是我家山羊栖息的地方。青山羊，性情温顺，站在墙角抿着嘴里的干草，嚼呀嚼，好像能嚼出一首诗来。诗倒是没有，寒冷的冬夜，我们正在做饭，母山羊咩咩地叫，娘说，怕是要下崽了，赶紧拢了一堆干草，屋外下着雪，从树杈上扯下一把风干的萝卜缨子，催奶。娘给母山羊鼓劲儿，往羊嘴里塞进一根椿树棍儿，让羊咬着。一只，两只，三只，四只，娘既欢喜又犯愁，下了那么多小羊羔怕母羊奶水不够，大半夜拉着风箱给羊煮疙瘩汤。

我对母性的认知，大多起源于养羊。卷毛的、孱弱的、刚睁开眼睛的小羊羔试探着在母羊的乳房前跪下来，闭上眼吮吸，大概就是世界上最美好的画面。

后来我做梦，地点经常是我家的第一个厨房。灶膛里的火光熄灭，余烬像在黑暗中眨动的眼，羊们安睡，羊羔和母山羊紧紧拥在一起。墙角堆起来的树叶有一人多高，我家的那只老黑狗从柴草窝里爬出来，叼着我的衣角去灶膛口。翻动，必有一只熟透的烤红薯，色黧黑，深藏暗香。

乡下建房，请风水先生是必须的。包括厨房、厕所，都要选择一个合适的方位。五行金木水火土，厨房的位置一般在南面偏东，厕所在北面偏东，所以习惯上说上厕所下厨房。古代，厨房在正房之东，也叫东厨。曹植写《当来日大难》：“日苦短，乐有余，乃置玉樽办东厨。广情故，心相于。阖门置酒，和乐欣欣。游马后来，辕车解轮。今日同堂，出门异乡。别易会难，各尽杯觞。”初见这首诗有些心惊，这位后来面对骨肉相残的先生七步为诗，其洒脱的胸襟、预见未知的能力当是天下独步，也就不怪南朝谢灵运对其有“天下才有一石，曹子建独占八斗”的感慨了。

这是厨房的古代史，穿越千年月光，端坐在时间的一隅。你在想，那些衣着简朴的庖人如何在历史的厨房里出出进进，用烟火喂养丰腴或羸弱的朝代，煎炸烹炒，让文字的光明得以延续，让精神与思想蹒跚或奔跑。不仅仅是活着，即便死后，那些朱门贵族也会将厨房安置在墓室的东壁。山东嘉祥汉墓，小祠堂的东壁画像中描绘的就是此景：灶上的木杆上悬挂着鸡鸭鱼肉，灶前有一人在添柴烧火；他身后的那个人像是在和面；中上部的师傅正在教徒弟剖鱼；最右边一个人在用桔槔汲水，另一个人在剥狗皮。

与庖厨图相比，我家的厨房就显得简陋多了。父亲坐在灶膛口用左手往里面添柴，然后再用这只手抽动风箱——右手因为偏瘫只能蜷缩在胸前。火候一词是指根据原料老嫩软硬与厚薄大小的制作要求，采用火力的大小不同与时间长短不一。那么，我相信父亲是一个最会掌握火候的人。春节蒸馒头，娘从来不让别人烧火，把柴草备齐，让父亲坐在灶膛口。这时灶神已经站在灶前，灶神爷爷干净，灶神奶奶端庄，父亲燃起三炷香，填柴火，拉风箱，一锅锅白白胖胖的大馒头依次晾在竹薄上。

父亲啊，四十七岁偏瘫的人，只能以这样的方式和厨房捆绑在一起。他的心中也有团火，母亲忙里忙外，他就拣自己力所能及的事情去干，放羊，喂牛，在明亮的月光下一只手掐着稻草，弯腿用力，将时间切割成一小段一小段——铡草，过完最后的光阴。一个生在乡间的人，不可能将心中的那团火燃烧得太旺，只能一点点加温，一点点将光阴熬软、煮透，而后含泪捧出。

我家的第二座厨房在西面，靠墙有一扇角门，直通大街。暮晚时分，炊烟散乱，二娘做的假鱼汤（假鱼是一种油炸面食，用面粉加鸡蛋、盐、葱花做成，然后下青菜，即成假鱼汤），六奶做的榆钱窝窝，母亲呢，盛了一碗腌制的酱豆放在饭场上，你说西，我说东，你夹我一筷子咸菜，我分你一口假鱼汤，好像一个村子里都在一口锅里掂勺子，一口吃得百家香。只是后来的后来，你知道，再也难见这样的场景。靠近厨房的门口有一株老枣树，“七月十五枣红圈，八月十五晒半干”。我顺着树枝就能爬到厨房的屋顶上，一直吃到树梢顶上还剩下最后几枚红彤彤的枣子，母亲在下面喊，别太贪，留几个给鸟儿。

现在我还想，我家的这座厨房为什么就建在了西面，想去问，父母已经作古，怕是会成为一生的悬案。我二大爷家就在我家房后，因为家产两家闹僵，到最后也没能锔到一块。有一年，二大爷让探花爷看院子风水，说二大娘有了什么不好的病。探花爷严肃着脸，走到院子中央放下罗盘，东走走，西看看，指着那座低矮的厨房说，扒了吧。轰隆隆一声，是我小时候听见最为惊悚的声音，随后听见人喊，说二大爷砸在了土墙下。第一次戴孝，有人笑我，我怯生生向黑漆漆的屋里看，和我家闹矛盾的二大爷死了，我父亲的兄弟又走了一个，用袖子掩住面，没让人看见我哭。

第三座厨房又挪到了东面，结婚，有了儿子，我们却没有用太久，现在还在。锅早已生锈，烟囱还在直竖竖指向天空，外墙边的一株老榆树好像动用了“洪荒之力”一直在生长，每到夏日枝叶葱茏，但榆钱总是结得很少。榆树与厨房挤在一起，厨房上的砖瓦因榆树生长的蛮力而松动，怕是再过几年就要塌了，那时候，空荡荡的院子里，必将烟火无存。

秫秸以及秫秸梃子的延伸

说秫秸必要先说到高粱。在我们村，高粱的主要功能不在于提供果腹的食材。高粱米糙，是我最不喜欢的一种，最深的记忆是曾经当过地主的宝山爷得了糖尿病，不能吃白面馒头，也不能吃其他作为细粮的谷物，宝山奶奶就整个村子里找高粱米，煮高粱米饭，蒸高粱米饽饽，吃得宝山爷噎得喉咙直打结，一个劲儿骂娘：“这是得了哪门子要命的病，老子就是死也不愿再吃高粱米。”

我讨厌高粱米，但喜欢像竹林一样的高粱地，叶子青青展展，一株株高粱长得像村庄里的汉子，有阳刚之气。要不，莫言也不会在《红高粱》里写道：“天赐我情人，天赐我儿子，天赐我财富，天赐我三十年红高粱般充实的生活……天，什么叫贞节？什么叫正道？什么是善良？什么是邪恶？你一直没有告诉过我，我只有按着我自己的想法去办，我爱幸福，我爱力量，我爱美，我的身体是我的，我为自己做主，我不怕罪，不怕罚，我不怕进你的十八层地狱。”

这是高粱最为坦诚的告白，一根筋通天扯地，长着一张红红的脸庞。我要说的，不是北方以北的高粱，那些高粱太过矜持，长在山丘上，长在低洼里。我十八岁出门远行到渤海湾的渔船上捕鱼吃过的高粱，糙，嚼之无味，虽本地人说“高粱米饭小咸鱼”是一大美味，我却没怎么感觉到。还是中医鼻祖李时珍说得好：“蜀黍宜下地。春月布种，秋月收之。茎高丈许，状似芦荻而内实。叶亦似芦。穗大如帚。粒大如椒，红黑色。米性坚实，黄赤色。有二种：黏者可和糯秫酿酒作饵；不黏者可以作糕煮粥。可以济荒，可以养畜。梢可作帚，茎可织箔席、编篱、供爨，最有利于民者。今人祭祀用以代稷者，误矣。其谷壳浸水色红，可以红酒。”《博物志》云：“地种蜀黍，年久多蛇。”

作为实用主义的高粱，秫秸可以织箔席、编篱墙（相当于现在的夹山），里面填充的主要是穗以及穗秆儿。

母亲种高粱从来不愿占用多余的土地，一场雨下，母亲在缺行断垄的地方用铲子移栽高粱苗，反正空着也是空着。高粱是自由自在的野孩子，生命力顽强，过不了几天，就能撵上玉米的个头。秋天到，高粱早早就擎起红红的穗头，闻讯而来的麻雀商量，要把高粱米当作越冬的储备。母亲也不管，以至于现在我还以为那些淹留在乡间的麻雀都是母亲养大的，它们不离不弃，也没有所谓高远的理想，偶尔像一阵风，像一片云，从田野的上空飞过。

母亲把高粱的穗秆掐下来，放在窗台上晒干。下一个工序，就是在秋雨缠绵的傍晚，把镰刀倒置在脚边，一只手摁住穗头，一只手抽拉，刺啦，刺啦，饱满的声音穿透秋雨秋夜，填补了时间的空寂。

我们村的高粱有专属于自己的名称：帚用高粱，听起来多么乡土。简而言之就是可以用来做笤帚、炊帚。有一句话叫“黎明即起，洒扫庭除”，就让我想起母亲缚的笤帚。家是简陋的家，地是结结实实干净的土地，窗户透过一缕缕通透的阳光，院子里是母亲喂养的鸡鸭猪羊，日子简单而久长。

炊帚是不可或缺的炊具，把柄上拴系一根绳子倒悬在厨房，每天水里来油里去，牺牲了自己方便了别人。我们村说食用油的标准好与不好就说黏不黏炊帚，好的洗刷完毕炊帚清清爽爽，不好的会导致一把炊帚灰头土脸，看起来让人觉得晦气。

写到这时我去倒水，母亲做的秫秸梃子的锅簰子（可以用来当锅盖，也可以用来摆放刚做好的馒头以及刚包好的水饺，类似托盘，圆形）放在饭桌上。外面下着雨，母亲把收集起来的秫秸梃子摆放好，长的在中间，短的在外围，两层，一横一竖，密密实实用绳子连缀在一起，图案类似通向东西南北的岔路口，更像一个大的十字架。我在一边用下脚料做小猫小狗，做没有镜片的眼镜框，挂在鼻梁上，人模狗样地在蒙蒙烟雨下的村庄转一圈回来。

可是母亲走了，三年整。她所留下的遗产就是缚过的笤帚、炊帚，缝制的锅簰子。忽觉人世悲凉。

秫秸梃子还有一个作用。吴伯箫在《记一辆纺车》里写道：“在延安，纺车是作为战斗的武器使用的。”“在延安的人，在所有抗

日根据地的人，不但吃得饱，而且穿得暖，坚持了抗战，争取到了抗战的最后胜利。开荒，种庄稼，种蔬菜，是保证足食的战线；纺羊毛，纺棉花，是保证丰衣的战线。”抓革命，促生产。看来秫秸梃子也有着革命主义情怀。细节是，用以纺线的棉轴要用一根光滑的秫秸梃子擀制而成。捏一撮棉花摊在桌面上，把秫秸梃子放在中间顺势一擀，行云流水，成了一个中空的棉轴。

我在乡下的时空穿梭，写作像每天不可或缺的饮食，而记忆会因为某个小小的事物瞬间复活。有时我不知道这里面的具体意义，是为了不多的稿费还是为了能在乡村史上留下自己的印迹？这样的理由有些可疑。那又是为了什么？头发越来越少，眼角的皱纹在渐渐变深，身体里的力量在一点点走失，或许只是选择了一种活着的方式吧，借用一根秫秸梃子，一苇渡江，也渡过深情或寒凉的一生。

乡下人葬，要焚烧纸房、纸牛、纸轿等用纸糊的东西，统称为纸活。一大早，需避开行人，一行人走过村庄与野地，到七八里地之外的镇上抬纸活，每人一元两元，钱必须要的，不能欠死账。纸活作坊里摆放着各种人间物事，房屋飞檐翘角，活着没能住上高墙大院，死了不妨奢侈一回，墙壁上有沉香救母、长亭送别、八仙过海、刘海砍樵，都是一出出人间大戏。纸马昂首奋蹄，恰似向天嘶鸣，身上白色的鬃毛如鳞片，颇有龙马之寓。一顶轿子稳稳当当摆放，婢女、佣人站立两旁，单等轿夫一声喊“起轿了”，颤颤悠悠上路，极乐之路，再无归途。

这些事物代表一种深切缅怀，是活着的人对死者的尊敬与哀思，也是一个美好的祝愿。而支撑美好的，是我们村的秫秸。扎纸活的匠人用麻绳绑缚、捆扎，就让这些虚无的事物有了骨架。白莲纸在染色中一蘸，打开就是一朵粉红的莲花；一杆秃笔在纸上描画，一场生死大戏就在敲锣打鼓中开场。

烟火起，悲声大放，唢呐声声，干燥的秫秸此时以魔幻主义的方式把生死由具象演变为幻象。回时路，秦王殿，奈何桥，望乡台，何处是故乡？

一把菜刀 在乡间游走

菜刀出鞘，马三快速从通红的炉火上抽回，铁，飞迸的火花，大锤小锤，叮叮当当，催促一把即将在乡间游走的菜刀。淬火，打磨，从顽钝到青锋隐隐，只需要马三一支烟的工夫。然后指尖轻弹，噌泠有声，像一阵疾雨掠过水面。

出生在乡村的菜刀，自有乡村的朴拙与厚重。寂寞时，沉睡在雄鸡的啼鸣里，与朝霞无关，与灿烂的星河无关，菜刀只做属于自己的梦，刀生一世，非为饮血，只为将漫长的光阴分割成段，母亲的归于母亲，父亲的归于父亲，一茬儿女，在温暖的铁锈里慢慢长大。醒来的菜刀，肩负生活的重任，切菜，剁肉，兼顾剁草，修剪树上横生的枝丫，直到磨秃了刀尖，砍卷了刀刃，一把乡间的菜刀这才正式退休下岗，在殷红的铁锈里慢慢老去，直到回归于茫茫风尘。

刀是私人器物，每一家的菜刀有着自己不同的经历。殷实人家，菜刀茹毛饮血，每日里剁得菜板叮当响，不是吃猪肉大葱馅的水饺，就是切了羊肉煮上一锅汤，菜刀酒足饭饱，人也红光满面。窘迫之家，一年也难得吃上一点荤腥，菜刀寂寞，染了一身草青色，面黄肌瘦。

红案与白案，菜刀的作用大不相同。红案油腻，红烧肉，蜂蜜肉，糟肉，酱排骨，一把菜刀穿梭往来，忙得不亦乐乎，装碗，入笼蒸，盖碗，行云流水中完成使命。白案清淡，菜刀好像成了摆设，干净是干净，做年糕，蒸馒头，擀面条，不需要太过锋利，快刀切面，一张冷面有着铁骨柔情。

母亲做饭前，习惯把菜刀放在水缸沿上蹭一遍，噌泠有声，像烟火与光阴交锋，屡战屡败，屡败屡战，始终没能将一个贫困之家击倒。初次握刀，忘了什么时候，一把菜刀就是生活的重量，钝了就磨，老了就换把新刀，活人不能让尿憋死。

菜刀有史，新石器时代老祖先摸索出了养殖种植的方法，山坡上放牧鸡鸭牛羊，老渡口放置一盘咿呀转动的石磨，用于磨谷成粉。告别了茹毛饮血，用石刀、蚌刀分割肉食，长者为尊，选取动物身上最柔软的部分，年轻人牙尖齿利，抓起一块肉大嚼大咽，吃出万丈豪情。

蚌刀与石刀，是菜刀的先祖，一脉相承，要的是在历史的长河里游刃有余，杀出一条血路。

老黑叔出门，一把菜刀柄上系一段红绸子，别在腰间，竟也有三分英雄气。老黑叔是乡间的焗匠，师承南乡刘麻子，当年老黑叔家里穷，父亲九爷与刘麻子有八拜之交，九奶早殁，鳏夫熬儿，于是托付给了刘麻子。从十五岁到二十五岁，老黑叔不光学会了厨里厨外十八般武艺，还从南乡领回了老黑婶。老黑婶大屁股，大脚板，一跺脚把喝酒昏睡的老黑叔从床上喊起来：日子还过不过了，四红家来请了好几遍了。老黑叔这才慢悠悠从床上爬起，穿衣，戴帽，将挂在中堂上的明晃晃的菜刀别在腰上。

在乡间，娶媳妇、过生日、生孩子都属喜事，主红，红红火火。还有另一桩，高寿之人病逝，把丧事也称作了喜丧。喜与丧，大有悲欣交集之意。屁大点的孩子就知道老黑叔一出门就有大席可吃，一时间摩拳擦掌，定要吃出个七荤八素，风卷残云。心中有事的是大人们，身在长安的杨静亭更是深有体会：“居家不易是长安，俭约持躬稍自宽。最怕人情红白事，知单一到便为难。”（《都门杂咏》）为难的还有我父亲，从母亲手里接过来五元钱，算是随份子的钱，另外还要带上我，大有吃不回来不善罢甘休的意思。我却羞怯，看桌子上空筷子飞舞，每次回家都要喝一瓢凉水，啃半块坚硬的玉米饼子，才能填饱肚子里的空隙。

庖丁解牛出自《庄子·养生主》：“庖丁为文惠君解牛，手之所触，肩之所倚，足之所履，膝之所踦，砉然响然，奏刀騞然，莫不中音。合于《桑林》之舞，乃中《经首》之会。”真真是出神入化。手接触的地方，肩膀依靠的地方，脚踩的地方，膝盖顶的地方，刀之所及，哗哗作响，没有不符合音律的。跟《桑林》舞乐与《经

首》乐曲的节拍、节奏相差无几。

不是世间真有那么一个厨子，依我看是骑着大鹏的庄子独自逍遥，将人间事万宗归一，不同法门同归一片净土。我写作，不能说是无师自通，深藏年少时的梦想，后辗转流离并未忘记。坐下，入定，陈年事纷至沓来，穿梭于脑际沟回，主线是人间冷暖，色系为田野与村庄，乐律是虫声鸟鸣，背景是朝霞与夕阳。我知道，“油自钱孔入而钱不湿”，需要的就是重复锻炼，除此别无它法。

二十岁在大连的一家酒店，我曾做过一段学徒。厨子姓牛，我们叫牛师傅，人长得矮而瘦，炒菜时脚下放一菜墩儿，一边抽烟，一边乒乒乓乓在厨灶边挥舞铲子勺子，还大声说：刀法有一十二种，切、片、削、剁、剞、劈、剔、拍、剜、旋、刮、雕，哪一种都得掌握好，指哪切哪，要块有块，要段有段，要细如丝你得给我穿过针眼儿。我们就在后厨叮叮当当，萝卜丝儿，土豆块儿，一天下来，手脖子转筋，眼前是飞舞的刀光与浓郁的青萝卜味儿。想来，我现在的厨艺、刀工大多得自当年的练习，一桌菜可以有模有样，而不至于让人笑话。

菜刀游走，食的是人间烟火，没有人能忽略一把菜刀的存在。当年打铁的马三后来因打铁炉冷却，随人去了北方的一座城市打工，在工地上做木匠。十月归来，众兄弟约着在其中的一个人家喝酒，顺便把今年的工资算清，也算给家人有个交代。

所有的事物都有其两面性。作为刀具的一种，菜刀有着属于其本质的锋芒。有如一个人，正面看起来是善良温吞，转身眉头一皱计上心来，管你亲爹二大爷只认钱不认人。

夜雨滂沱，一干人等在饮完了所有的白酒啤酒之后，将目光投向了床下的一坛子药酒，人参、鹿茸、青花蛇，管你是什么酒，此时就是毒药也不能湮灭胸中燃烧的豪情。一杯，两杯，眼看着坛子见底，马三腹内剧痛，紧接着又有两个人起反应。救护车太远，只好就近去村子里的卫生院。值班医生起床，马三捂着肚子让医生马上兑药输液，医生不肯，一是乡间的医疗设备简陋，二是怕耽误了最佳治疗时间。哀痛声，雨声，已经有人扶着门框倒了下来，只见刀光一闪，值班医生也随之倒在血泊之中。

最后的结局是，连带马三死了两人，另外两个饮用药酒较少尚无大碍。值班医生经过抢救也夺回了一条性命。

那是一把嗜血的菜刀，刀背上赫然刻印一个“马”字。

风箱入定

风是吹过老河滩的风，是吹过田野的风，有野草的气息，有谷物的清香，甚至裹挟着清脆的鸟鸣，一闪身钻进我家的风箱里。风箱是沉默在光阴之中的一位老僧，身着土布衣衫，一脸肃穆的神情。老僧入定，风箱入定，呱嗒呱嗒的声音响起，是在练习吐纳之功。吐，吐出藏在身体内的晦气、躁气、喧嚣之气；纳，是海纳百川之纳，吸入的是清明、洁净，是原野上的清新与静谧。

父亲坐在灶膛口，在我的记忆里父亲活成了一帧泛黄的胶片，时而模糊，时而清晰，但一直与寂寞的风箱为伴。父亲捡起一把乱柴塞进火膛里，抽动风箱，呱嗒，呱嗒，灶膛里的火焰就明亮起来。我以为，乡下的日子就是架在火上熬煮的，这不仅指的是食物层面。

春来了，眼看到了耕种季节，要买种子、化肥；秋到了，到嘴边的收成被一场雨泡没了；娶儿嫁女，总要有像模像样的房屋与妆奁。这些，足够让乡下的父母焦头烂额。

火，不会熄灭，只要还有一点火光，只要还残存那么一点点希望，必倾尽浑身之力去面对劈面而来的考验与撞击。

风箱的前身是吹火筒，一截青竹，有笛箫般长短。没有风箱的时代，它延伸了嘴巴的长度。长短不过尺余，一端广口，一端只钻开一眼小孔，火要熄灭，只需对着广口轻轻一吹，余烬上的火花绽开，生长在大地上的草木便可继续为村庄提供前进的热能。

相比，我还是喜欢风箱响起的一刻。落日滚向地平线，牧羊人赶着一群羊咩咩回家，玩耍的孩儿们鸟一样归巢，这时，黄昏降临，将村庄紧紧揽在怀里。李家的风箱声音细软，用作柴薪的必是场院里的麦秸。张家的风箱呱嗒呱嗒山响，必是走丢的傻媳妇找了回来，一边嘿嘿笑着，一边把风箱当成了玩具。黑三家的风箱时断时续，必是为了招待走乡串户的光武老汉，看能不能再给自己张罗一门亲事，结束一人吃饱全家不饿的破败光景。这时的风箱是一位沉寂多年的乡村歌手，以咏叹的方式把郁积于胸的情感表达出来。

有关风箱的进化史，橐应排在吹风筒之后，就是用牛皮或者马皮制成的一种皮囊，也称橐籥。清代萧雄有诗："深谷崖边一窍开，汹汹橐籥走奔雷。呼号乱卷长川石，算是乾坤鼓荡才。"这是把天地寓意为胸怀，把山洞借喻为抒发的通孔，社会生机窒息，国势日益衰微，有识之士当鼓动激荡，方可打造出一方新天地。

皮囊鼓风器发展到唐宋（或许更早），逐渐为木扇式风箱所代替，这种风箱实际上是一种悬扇式鼓风器，其形状见于北宋曾公亮、丁度所著的《武经总要》中的“行炉图”。且在此时出现了分野，一方面是作为炊事或者铸造的鼓风器，冶铜、铸铁，打造金属器皿；一方面发展为脱扬谷物的器具，打谷，脱麦，将种子与母株分离。

我熟悉我家的风箱，就像熟悉一位在村庄生活多年的老人。木匠爷在时，是方圆几十里的做风箱好手。木，选用的是质地轻巧的梧桐，在老河滩上用大锯剖解，纹理清晰，仿佛能看清是哪一年在老河滩上植下的。文火煨熟，以防做成风箱时走漏风声。刨，刨花细软，褪去毛糙的部分，像少女的肌肤般细腻有质感。拉杆，是坚硬的刺槐木，选其木心的部位，光滑耐用，有时一架风箱破败了，风箱上的拉杆磨细了，腰身仍难折断。

我家吃鸡，母亲常把鸡脖子上的翎毛积攒起来，团成一团，塞进墙缝。等到哪天风箱鼓出的风柔弱细小，母亲就会让我把风箱搬出来卸下盖板——此时可见木匠爷做风箱的功力，整个风箱没有一根铁钉，全部是卯榫结构，内部组件易拆卸易组装，只要不是傻子都能在瞬间完成组装过程。出气口在下侧，伸出一截长长的风嘴，前后各一个进气口，这样无论推或者拉都能让风吹进灶膛。母亲要做的，就是在活塞部位的挡板上把那些磨秃的翎毛换掉，这个过程叫挤鸡毛。

宋应星在《天工开物》中描绘了熔炼金属和铸造金属器物的情形，其中的风箱与我们村的风箱原理大致相同，只不过用于熔炼的

风箱大小尺寸不同。有的只需一人操作，比如我们村的马三铁匠铺，年轻力壮的马三只需一只手就可抽动，呼呼呼燃起红红的炉火。有的则需两三人共同操作，譬如炒铁炉，将坚硬的石熔化成铁，也只有一架庞大的风箱能做到。此间，用于耕种的铁器与征战杀伐的兵器出自同一座火炉，一路是欣欣向荣的农耕文明，一路则是血流成河，将历史打扮成一条潜隐在草蛇灰线下的洪流，滚滚向前。

我家的日子窘迫，一直到了二十世纪九十年代还没有翻过身来。拉了半辈子风箱的父亲躺在床上，药水一滴一滴沿着输液器注进父亲的身体。他或许看见谷子地里的野草了，嘴里一直念叨“锄，锄”。父亲锄地，偏瘫的身体只能用胳膊夹着锄把，一下，一下，以便分清良莠。他或许馋了，念叨羊汤，三哥骑上自行车去集上灌了一壶羊汤，他最终只吃了一小口，就开始急促喘息。

一架老年的风箱近乎风烛残年之人，膛壁上的木板破了，再无修补的可能。挡板上的鸡毛秃了，再也等不及换成新的。用于抽拉的木杆，纤细得再也支撑不起涌动的风尘。有时我想，回顾往年到底有什么意义？缓慢的生活，简静的日月，包括河流里舒缓的流水，到底隐喻着什么？是贫穷吗？或许是，但分明带给我们太多清澈与欢乐。是落后？或许有，但总有时间低头看脚下流动的光阴。是愚昧？我却宁愿看成人类的初心，保持作为人的本色，而不是像永不停歇的机器一样轮转，亲情、爱情，太多的情感被倾轧在滚滚的车轮之下。

父亲走了，村庄里很多个父亲走了，失去父亲的村庄失去了用于支撑岁月的风骨，很多个儿女成为了他乡之人。

风箱入定，所谓的吐故纳新绝对不只为改变表面上的繁华与雍容。故是故乡之故，是含泪将故乡捧在手心，注以新鲜的血液，而后装进胸膛。或许，我能化作老河滩上的一缕风，每一次深入旧年的村庄，都能听见呱嗒呱嗒的回声，仿佛心跳，永远在大地上搏动。

七步之外是一口大铁锅

锅，像极了日子，一边是海水，一边是火焰，把一口大铁锅夹在中间，动弹不得，也翻转不得。沉默，更多的时间，锅像村庄一样陷入沉默，村庄里的人来来去去，不过是在围绕着一方锅台转。日子薄了，一把野菜也能充饥；日子厚了，去不远的葛庙集割上二斤五花肉，锅铲子叮叮当当，算是打一回牙祭。

人的老祖先是类人猿，生活在茂密的丛林（有时我想，进化的为什么是人，五体投地不也挺好？一是显得对天地虔诚；二是那时的身段多么灵活，一纵身跳起三尺多高，一路攀援，向着朝霞落日。可事实远非那样，不是歧视，现在设若给你一根藤蔓，二百多斤能把藤蔓吓哭）。锅的先祖叫釜，相传为黄帝所创，宋代高承《事物纪原》卷八引《古史考》记载："黄帝始造釜甑，火食之道成矣。"唐代文献中则说轩辕黄帝"作灶以著经，始令铸釜造甑，乃蒸饭而烹粥，以易茹毛饮血之弊"。看来，造锅的祖先是轩辕无疑；而我更倾向于另外一种说法，古代人把用藤条编织的东西糊上一层泥巴，晒干了放进想要烧煮的谷物或菜蔬，时日久了，竟然烧制成陶，由此而产生了烧菜蒸饭的釜甑。

我家做饭也是一口大铁锅，八九个人八九张嘴巴，母亲从菜园子摘了一筐茄子辣椒，父亲从南岗子挖来一土篮地瓜萝卜，煎炒烹炸，几十年光阴也就这样熬了过去。

百草霜，多么好听的一个名字，其实就是锅底灰。野有百草，是草木都可以作为烹煮食物的烧柴：麦秸，豆秸，玉米秆；茅草，飞廉，刺老芽；梧桐树，杨树，刺槐树，朝露晚霜，凝聚了天地日月精华，而后一闪身钻进我家的灶膛里。家里的哪个孩子得了黄疸、疟疾或者口舌生疮，母亲就会遵照老祖母提供的民间验方，锅底灰二两，木香灰半两，调成黑乎乎的一碗汤水服下，一日半晌，确保无虞。后来翻《本草纲目》百草霜条："辛温，无毒""止上下诸血，妇人崩中带下，胎前产后诸病，伤寒阳毒发狂，黄疸，虐痢，咽喉、口舌一切诸疮"。

年深日久，锅底灰结得太厚，母亲嘱我揭下来铲去。晴日方好，我拿一把铲子和黑铁对话，嘹亮的声音直入云层。我说，锅，做一口村庄里的锅累不累？里面是水，下面是火，烧啊，熬啊，煮啊，天还是那片天，地还是那片地，日子还是黑黑白白的日子。锅说，累啊，马蹄铁能在田野上奔跑，刀枪能在漠漠风沙里征战，就连一

根细小的铁钉，也能深深楔入时间的年轮，安然老去。我呢，只能在水与火中变成一堆废铁。我说，你才不是废铁一堆，你养活了爹娘养活了我养活了我们一家人，养活了一个村庄，甚至养育了一个国度，锅口是天，锅底是地，是你养活了一个人间。

锅沉默不语，一时间成了一个僵局。这世界其实就是一个僵局，你来我往，你退我进，三十年河东三十年河西，交换着各种不同的角色。

《七步诗》里的锅就是这样，一瞬间进退不得。“萁在釜下燃，豆在釜中泣。本是同根生，相煎何太急？”曹植捻着胡须在围着一口铁锅沉思，王位上的曹丕用一双冷冷的眼看着眼前的胞弟。一奶同胞又能怎样？天下才有一石，你独占八斗又能怎样？还不是犯到我手里！此时的铁锅在颤抖，铁锅里的豆子如箭囊里的箭镞在吟啸，生死之间，七步之外是一口大铁锅，水火不容。

多年后我想，当一口皇亲贵族的锅真是不容易，有一个实例。春秋之际，齐桓公老人家也要称王称霸，当然，口味上也要摆摆谱了。他派人找到了据说是名厨的易牙，易牙一通海吹，说天上飞的地上跑的，您老人家想吃啥吃啥，小人都能给您做出来。齐桓公说想吃人肉。这小子确实是一个前无古人后无来者的小人呀，回家就把自己的儿子蒸了，献给国君。于是易牙得到重用，这是一种什么样的情怀啊，自己的亲骨肉都能贡献还有什么不能贡献的？但事物的发展往往有其戏剧性，易牙在齐桓公老年时发动政变，生生把齐桓公饿死了。

这是一口大铁锅改写的历史，用尽计谋，枉顾血亲也要飞黄腾达。此时的锅一定在泣血，恍惚间被用作一个残忍的道具。

小有计谋的还要算上补锅匠殷三，挑着一应家把什来到我们村口：箍漏锅——崃——锔锅锔盆，然后有盆裂锅漏的人家应声而出。晴暖的日光下，殷三用锤子、錾子、金刚钻，叮叮当当，敲下一片云彩，敲落一轮日头，锅就好了，盆也好了。五爷晃晃悠悠，抽一口旱烟，抿一口小酒，说，殷三，一个村子里都夸你嘞，手艺嘛真是不错。殷三这时忙不迭地说，五爷，要饭生意，您看您家还有要收拾的玩意儿不，要不就要收摊了。五爷闪了一下诡谲的小眼睛，话锋一变，你这叫不地道呀，到手的铁锅“咣当”一锤子再说价钱，眼看着璺就长长了一拃。殷三脸色大变，想不到自己的那点小九九全被五爷发现。

至于分锅，是分家的另一种叫法。我们村分家，习惯上称为分锅，不是把一口铁锅硬生生敲开，而是兄弟或者儿女某一方到了要单门独户的田地。这时娘家舅适时出现了。财产无非是房子、家具等一些日常用品。为了让年迈的姐姐与姐夫不至于老无所依，这一天娘家舅即使再忙也要赶着一驾驴车上门，驴子拴在门外的木桩上。爹娘坐在正堂前，一应儿女到场。火，还是老灶坑里的火，取出燃烧着的木炭放在火盆里，分给各个兄弟作为火种，点燃各家的新灶，以示薪火相传，代代不灭。

乔老二家弟兄五个，娘家舅在分家这天到来并没能阻止进行了几天的骚乱。老大说分给自家的羊瘦了，皮包骨。老三说分给自家的犁杖犁铧少了尖，根本不能用。老二媳妇叉着腰站在庭院里指桑骂槐，说乔老二就是一头瘸驴，套上绠也拉不了犁耙，分这点家产只能喝西北风了。年老的二娘坐在蒲草团上忍不住落泪，想这一把老骨头还不如早死了早托生，去寻死去多年的二爷。寡妇熬儿呀！

娘家舅黑着脸，眼看着日头偏西，从老屋里摸出一把斧头，噼里啪啦，把一口用了多年的大铁锅打碎。

七步之外，是一口大铁锅。碎就碎了，有些事物一旦破损再也难以弥合。

瓯是一种怎样的情致

若是无雪则刚好，母亲嘱我往篮子里拣几只馒头、两盒糕点。我说去哪，母亲说去河南徐楼你二姑家。二姑不是我的亲姑，二姑家的亲人都在甘肃，我们这群后生娃就成了二姑家的“直系亲属”。说这话时大概快到了正月十五，一行人一溜自行车排开，方向——河南徐楼。说是河南，其实是指一条河的南岸，二姑家住在村子中央，曲里拐弯，门口一株老楟树就是了。

那是我第一次喝酒，人小，坐在板凳上刚探出头。二姑在旁边招呼，说，来来来，吃菜喝酒。我迟疑着，作为一个刚学出门的小大人不敢放肆。二姑说，一定要喝酒，看，这么多，都是我的娘家人，以后看谁还敢欺负我。我学着堂兄们的样子，抿了一口酒。辣，在舌尖上爆开了花，入喉，像一线火嗖嗖只往肚子里钻。夹一口菜，嚼，味蕾上盛开了半个春天。这是我喝酒的最初记忆。有时做梦喝酒，一杯接一杯，总是不醉，是甜，是香，蓝色的小火苗在周身荡漾，像是身体在提醒我，需要补充些酒精了。

喝酒，离不得酒器。

觥，觥筹交错，是商朝晚期至西周早期的器物，做成动物的形状，头、背为盖，身为腹，四腿做足。“陟彼高冈，我马玄黄。我姑酌彼兕觥，维以不永伤。”语出《诗经·周南·卷耳》，是说登上高高的山岗，我的马儿呀已经跑得腿发软，还是看不到你的俏模样，不妨饮尽杯中酒，好淡却这长长的相思。借酒浇愁愁更愁，只能任凭夕阳拉长孤独的身影。

尊，同樽，像龟甲兽骨上站立起来一个人，双手捧起这谷物酿造的美酒，上有肩，下有圈足。“乃瞻衡宇，载欣载奔。僮仆欢迎，稚子候门。三径就荒，松菊犹存。携幼入室，有酒盈樽。”看见故乡的老屋，我高兴得像个小孩子奔跑过去，邻居童仆欢喜迎接，幼小的孩子等待在家门口。院子里的小径呀，虽将荒芜，而松菊还在。我拉着幼儿的小手走进内室，屋里的酒樽已经斟满。归去来兮，还是这座破旧的家园让我心安。

觞，出现于战国时期，一直延续至汉晋，又名羽觞，椭圆形，浅腹，平底，两侧有半月形双耳，更像一对展翅欲飞的翅膀。曲水流觞，是古代汉族民间流传的一种游戏，夏历三月上巳日，也就是三月三，大家坐在河渠两旁，在上游放下酒杯，酒杯顺流而下，停在谁的面前，谁就取杯喝酒。永和九年，晋代的贵族王羲之偕谢安、孙绰等四十一位高级官员，在兰亭修禊之后，开始了一场旷古未有的曲水流觞活动，喝酒，写诗，作文章，不知进行到什么时候，后来便诞生了遐迩闻名的《兰亭集序》，被称为“天下第一行书”。

我们村喝酒没那么多讲究，红白喜事，你三块，我五块，就当凑个份子图个喜庆。老黑叔在场院里勺子、锅铲叮当响，蒸鸡、卤肘子、红烧肉，香味盖过村庄上空的云层。酒非好酒，八九个坛子一溜摆开，启封，倒酒，风吹酒香十里远，一碗饮尽万古愁。散了席后，满脸赤红的像是赤发鬼刘唐，给一口朴刀敢把皇帝拉下马。走路歪歪扭扭的，像踩着一片云彩，晃呀荡呀，只以为走进人间天堂，苦呀累呀，一下歪倒在麦草垛上，睡醒后已是满天星辰。有酒入愁肠的，孩子太多，一家人恓惶度日，向天长啸几声，唉唉唉，做牛做马何苦做人，一把刀子一张皮，早死就能早托生。

我喝酒，渐入佳境。多年辗转，工地，矿山，下海捕鱼，到哪都能遇见一帮喝酒的兄弟。那时年纪小，上了一艘渤海湾的小渔船，陶三兄弟和我是外乡人，船停靠在港口，小咸鱼，虾爬子，墨斗鱼，外加两瓶高粱烧，就开始喝。一开始船晃，船头上的小旗子在风中哗啦啦响，话语无多，无非是说起家乡事物。接着船也不晃了，人眼开始泛红，看海也是泛着红，风啊，浪啊，夜里睡在船舱里听海水在耳边说听不懂的海语。后来就狗胆包天了，人爬到船顶上对着大海咆哮一通，一副生无可恋、死不足惜的样子。

对面一艘船，摇摇晃晃走出一个人，扑通一声跌进水里。此时风正疾，浪把相连的两艘船荡开又砰的一声撞在一起，那人的头就大了，拉上岸，再无呼吸。

酒就醒了，后背爬上一层冷汗。

三里外有个村子叫草里王，草里王的酿酒作坊生产一种叫二里歪的酒。二大爷好酒，非二里歪不喝，说早年是地瓜干做的，后来是高粱。那酒哇，顺着酒溜子流下来，晶莹得能发出一线光芒。看，二大爷一边喝一边摇晃手中的酒杯，酒滴挂在杯壁上迟迟不肯下落。二大爷也死在酒上，那年他家扒厨房，轰的一声整面土墙倒下来，半个村子里的人都能听见，扒开土块，不见人影，只闻酒香。

村里人喝酒，很轻易就能找到一个理由——酒是粮食精，越喝越年轻。有时我想，谷物在大地上生长，栉风沐雨，那粒粒盈润里也便有了日精月魂。酿制酒曲的过程就是让草木苏醒、呼吸，张开惺忪的眼睛，让希望开始萌芽，让沉睡千年的梦张开翅膀。发酵，等同于一个通灵的人站在旷野上，闭目，凝神，让大河在体内奔流，让山野在思想里葱茏，让积蕴多年的情感酝酿、磅礴。蒸酒，水与火的交锋，升华，凝集，而后流注于笔端，就成了流淌着激情的文字，就成了画匠笔下美好的家园。

当然，我们村多是乡间野人，喝起酒来很直接，玩不了那么高雅的情趣，喝完倒头就睡，日子就又过去了一天。

早年喝酒，用的是一种叫瓯的小酒杯，二姑让老五表哥给我斟满，接下来必有一套说辞。碰一个要喝一双，初次见面二二得四，来吧小表弟，从你开始。说完嘴巴一抿，一口下去。我是初生牛犊不怕虎，管你四喜临门，六六大顺，十全十美，杯杯见底。这下坏菜了，回来的路如同仙境，满野的麦苗青，梧桐树上挂着一尺多长的冰凌，身体里像燃起一团火，直想甩了自行车在大地上奔跑。

有关瓯的解释：古代汉族酒器，饮茶或饮酒用，形为敞口小碗式，多为陶或瓷。正如清代龚轼在他的《陶歌》中写道："白釉青花一火成，花从釉里透分明。可参造化先天妙，无极由来太极生。"我后来喝酒，就怕遇见用瓯喝酒的人，小而不知其利，喝着喝着就找不着北了。倒是闲情逸致时可以，绿蚁新焙酒，红泥小火炉。旧友故知，席地而坐，外面是凛冽的风，天上飘着雪花，炉火摇荡，一杯酒一段往事，醺醺然忘记春秋。

此时喝酒，瓯是一种情致。

柳木判案

柳树长在水边，是树里的女性主义坚守者，镜花水月，池塘里的水是一面镜子，水边的柳就是临水照花的乡村女子。柔，春风一吹，鹅黄的嫩芽爬满树枝，连水也变得轻柔起来，水里的云呀鸟呀就轻轻柔柔地从粼粼水波中飘过飞过。柳树也有刚性的一面，生就的柳木命中的案，千年柳树万年榆，一转身变成乡村日常里的案板，切菜剁肉，以坚硬的骨骼扛起欢乐与苦难。

树根爷是个老木匠，专做柳木案板。乡下那么多树，树根爷只爱柳树。他背着手，嘴里叼一根燃尽的烟管，双眼向上一眯，用手抄了下柳树的尺寸，就她了。树根爷说这话的时候，有着对钟爱女子的温柔。谁知道呢，树根爷看哪一株柳树都是这眼神，像个死不悔改的浪荡子，还不尽人间风流债。

“簌簌衣巾落枣花，村南村北响缫车，牛衣古柳卖黄瓜。酒困路长惟欲睡，日高人渴漫思茶，敲门试问野人家。”这是我喜欢的《浣溪沙》。日上中天，正是树根爷干活的好时节，他露出一身青铜色的肌肤，腱子肉颤巍巍的，脖子上的青筋暴起，双手把定一根大锯，树根爷在上，树根奶在下，一下，一下，把绑缚在树干上的老柳木一片一片剖解开来。

锯末纷纷扬扬，旧日的阳光纷飞如雪，刺啦刺啦的拉锯声催着小河里的水急急向前赶。

案板街，是古城西安的一条老街道，位于东大街西段北侧，与骡马街隔路相望。我去西安，秋日的傍晚人声鼎沸，红男绿女，看不见一张案板。

找到一位老人，是老西安，听他讲，清顺治年间，这一代被建成“满城”起，就成了卖案板的小贩们聚集的地方，把牲口拴在骡马市边上，把崭新的案板一字排开，待价而沽。一直到新中国成立后，案板街还有销售案板的店铺，一些南山的农民木匠用小推车把案板、菜墩等生活用具运到城里。那些年月，街道比较空旷，路边有一些平房院子或搭就的简易窝棚，住着居民，卖案板的小贩聚集在路的两旁，没有店铺。早上开市，一到晚上集市就散了，当天没有卖完案板的就沿街睡下，第二天爬起来接着卖。

这样的场景不用想象我也知道，树根奶一大早拉着一辆地排车去赶集，比鸡起得还早。摊位是老摊位，年年岁岁就在老杨家羊汤馆门口。杨婆婆把一锅水烧开，男人用一把斧子劈下羊肉丢进锅里，

接下来的几个小时，炉火通红，映红日出的东方，半条街都飘着奶白的羊汤的膻香味儿。树根奶面子薄，几乎不怎么吆喝，货比三家，来买案板的农人自是挑挑拣拣，看纹路，是老树还是新树；辨声音，是死树还是活树；查卯榫，手艺是否过关，然后开始你来我往，商议价钱。时不时有男人风言风语，臊得树根奶耳根发红，羊汤馆的男人这时会出来递上一句话：要就拿钱，不要就回家找你家婆子去。生意就做下了。年根儿，树根爷亲自给老杨家羊汤馆送上一张柳木案板，当当当，切肉剁骨的声音里有柳木中结下的乡村情谊，牢固，绵长。

我看树根爷做案板，把剖开的柳木架在火上煨烤，能听见细碎的纹路拉长的声音，是为收性。就像一个十六七岁的乡下野孩子，到了年纪就得放出家门接受一些营生上的考验，身子骨就硬了，心智就开了，步子就像个男人了。接着是拼板，大头抵小头，往往两张木板就可做成一张案板。那时的树大，几十年的老柳树长在村东的池塘边，春天里拧柳笛，夏天里光屁股站在浓密的柳枝间练习跳水，扑通，“古池塘，青蛙跃入，水声响”，像是活在松尾芭蕉的俳句里。

扯远了，树根爷的案板做好，刨花散落一地，一丝丝柳木香弥漫在整座村庄上空。

没错，我们一个村庄里用的大多是树根爷的柳木案板。听声音，树根爷就知道谁家的案板用了多少年，案板中间凹到哪种程度。日子丰腴的，隔不上几日就切肉剁骨；日子瘠薄的，成天汤汤水水，案板上见不了多少刀印。

《水浒传》里的故事，发生在离我们村不远的梁山。话说北宋年间及时雨宋江领着一帮绿林好汉，被迫落草在八百里水泊。树根爷讲到这里，脸上现出诡谲的笑，说《水浒传》里提到的案板就是他家案板的故事。

第一张案板。郑屠户正在门前柜身内坐定，看那十来个刀手卖肉。这时鲁提辖走到门前，叫道："郑屠，要十斤精肉，切作臊子。"郑屠差刀手去切，鲁提辖道："不要那等腌臜厮们动手，你自与我切。"郑屠自去案上拣了十斤精肉，细细切好。鲁提辖又要十斤肥的，不要见些精的在上面。肥的切好，鲁提辖又要十斤寸金软骨，不要一点肉在上面。这分明是找茬嘛，鲁提辖见郑屠按捺不住，便施展拳脚，打他个脑浆迸流。

第二张案板出现在孟州道十字坡张青家的人肉店里。武松被发配路经张家黑店，假意喝醉。孙二娘着人将他弄上案板，"这两个汉子扛抬武松，哪里扛得动，直挺挺在地下，却似有千百斤重的"，孙二娘不得不亲自动手，"脱那绿纱衫儿，解了红绢裙子，赤膊着，便来把武松轻轻提将起来"。果然有一把好力气，只是这次遇上了硬茬，反被武二哥一个熊抱摔倒在地，不打不相识，武松当下与张青结拜为兄弟。

第三张应该与一桩风流案有关，事发在武二哥发配之前。想当年武大郎也是一位白案高手，靠一张案板、一张张炊饼养家糊口，生意还不赖。坏就坏在那根窗户棍儿上，一掉，一砸，砸出个千古大案。有说门不当户不对，合该武大含恨而死；有说潘金莲不守妇道，就该身首异处。东说西说，一张案板在光阴中静坐，日光细碎洒落，柳木案板上的面醭替换成厚厚的尘埃。

树根爷不知说了多少遍，直让人以为《水浒传》里的柳木案板都是树根爷先人的手艺，一张案板一出戏，最后还是落下一声重重的叹息。

我们村的案板集中出场，是在村子里有红白喜事的当口。八方故交，四方亲朋，找来一个村子里的案板，一字儿排开。执事在礼房坐定，手执一管毛笔记录，你家五元，他家十元，要紧的亲戚朋友不免烟烟酒酒，最后才安排所有到场者各找案板坐好。这时的案板用以替代吃饭的桌子。风卷残云，杯盘狼藉，有关生，有关死，有关欢乐与悲伤，就此落下帷幕。

柳木判案，生既是死，死既是生，轮回往复间，把所有交付于虚无的时间。

锅里长出一根树柯杈

我偏爱那些奇怪的树。有歪脖子的柳树，好像村子里的一位老人，扛了太多生活的艰辛，到最后压弯了腰，一步一咳，震颤着村庄的心房。有疙瘩住了的杏树，一俟春天到来，就轰的一声开满河堤，河堤长长，时间长长，一棵树上结不了几枚青涩的果实。有一簇一簇的杞柳，是平原少见的低矮灌木——它们的重要性不言而喻，开始还能为人所用，编制土篮、簸箕，后来就渐渐被忘记，成了蛇、土鳖和蚂蚁的领地。

我经常光顾河堤，因为自己个子矮小，一旦站在河堤上，好像就成了一位矮个子将军，那些树呀鸟呀虫子呀就成了由我统领的三军将士。这是一个奇妙的想法，一直到现在，我还会经常想：我的穷欢乐到底从何而来？店铺不过二十几个平方，每日里迎来送往；土地不过几亩，打下的粮食换钱还不够到某个名胜古迹转悠一圈。

有些问题恐怕没有答案，就像那些生长在童年里的树，到最后一棵也没留下；或者，生长本身就是答案，你可以想象一个没有树的村庄该有多么荒凉。

桑梓一词的来历可谓久远，《朱熹集传》中有明确的解释："桑、梓二木。古者五亩之宅，树之墙下，以遗子孙给蚕食、具器用者也……桑梓父母所植。"这是说桑树与梓树是父母栽下的，留给子孙，用来采桑养蚕，或者做成日常生活所用的器物。自东汉以来人们一直以"桑梓"借指故乡或乡亲父老。这是自然的隐喻，当一个人远行他乡，首先想起的必是故乡的一株老树，掠过树梢的风，枝丫间清脆的鸟鸣，以及远年依靠在母亲怀里的场景。

我曾在一篇散文中写道：我们村前的那片桑树林，就是《曹风》中的桑树林。"鸤鸠在桑，其子七兮。淑人君子，其仪一兮。其仪一兮，心如结兮。"（《曹风·鸤鸠》）布谷鸟在桑林筑巢，精心哺育七个年幼的孩子。品性善良的君子啊，不止仪容端庄，始终如一，内心的操守也坚如磐石。这是世间最为赤诚的表达，我却蓦然惊心，忽然想起一年前过世的母亲。

"鸤鸠在桑，其子七兮。"我以为就是说我的母亲了。母亲一生养育了我们兄弟姐妹七人，也正因为此，我们家的日子一直在贫穷与困顿中度过。好在，岁月待我们不薄，虽无大富大贵，却也能够安然度日，我想这是对母亲最好的安慰。布谷鸟妈妈在桑树上筑巢的那一刻，也一定在心中暗自祈祷她的孩子们顺遂平安。

一个村子几十户人家，会做木匠活的能占到半数以上，大概有以下两种：

粗工木匠。他们掌管着村里的房屋、木梁、门窗，把一根圆滚滚的原木削、砍、凿。上梁日，上书："青龙腾玉柱，白虎架金梁。"挂上一千头的炮仗，噼里啪啦，从此后就在这座简陋的房屋里生老病死。还有一批专做寿材，也就是棺材。剖解好的木板，不用一根铁钉，全部以木楔子拼装完成，单等哪家老人寿终，一把五色谷，一张轩辕弓，唢呐声声上西南。

细工木匠。此类木匠最为吃香，一般专做姑娘出嫁的妆奁及嫁妆。选好黄道吉日，把一应家什搬到主人家，好吃好喝。干活时，一个村子里的姑娘、老妪都来参观。啧啧，这镜匣、戒指、胭脂、桃木梳；啧啧，这木箱，几铺几盖，上面绣了戏水鸳鸯；啧啧，这大衣柜、茶几、八仙桌，榫扣着卯，卯扣着榫，一看就能用到孙子辈。说是说闹是闹的，说不定哪家姑娘就相中了木匠小伙，透亮的月光下你侬我侬远走高飞，只剩下一场院没完工的长短木料。

树在生长，不因以后变成火焰、灰烬，或者被做成一架房梁、一件生活器具而改变生长的姿态与方向，在老河滩或者房前屋后自由生长。

牛轭，一挂牛轭的历史可谓久远。从远古的暮色中出发，一人，一牛，一犁，犁开周而复始的春天，伴随父亲一声重重的咳，挂在山墙上。牛轭不语，耕地的那头老牛不语，只有一阵漫过老河滩的风，吹过做成牛轭的那株老槐树。牛轭做法简单，就是在老河滩上逡巡一遍，看哪一根树杈长成弯曲的形状，锯下来，分别在三角的顶端打眼、穿绳，就成了一挂驾驭牲口的牛轭。

桑叉，一把桑叉的形成与木匠爷有关。桑树林种在南岗子上，一株株桑树苗见风就长，一年，两年，大约就长到了鸡蛋粗细。这时，木匠爷把桑树的顶端截断，树干六尺；来年，桑树顶上发新芽，木匠爷开始修剪，保留三四个枝条，并用草绳绑缚、勒紧，使其弯曲成桑叉的雏形。这是一次畸变，让一株树改变了原有的形态，具备了农具的功能。叉草，叉柴，叉麦秸豆秸，就像农人陡然暴长的手臂，在日光下挥舞。

该说到锅柯杈了，这是我们村的专用语言，把一口大铁与树柯杈紧紧关联，等同于行为艺术的一种。放学或者玩耍归来，母亲有重要的事情出门，丢下一句话，馍、饭都在锅柯杈上。真是让人心安。

我该如何解释，才能向你详尽说明一根树杈的存在价值——这需要从甗说起。

甗是先秦就开始使用的蒸食用具，可分为上下两部分。上半部叫甑，类似于我们过年时蒸馒头用的蒸笼，锅中是沸腾的水，蒸笼里是渐渐苏醒的馒头，村庄内外是迎接新年的鞭炮声、笑语声。下半部是鬲，单从字形上就能看出鬲的样子，有陶制鬲和青铜鬲，作为煮饭的炊器，其形制一般为侈口（口沿外倾），有三个中空的足，便于炊煮加热。流行于商代至春秋时期。韩、赵、魏三家分晋，田氏代齐，后秦始皇一统江山，无非是各家扛着一口青铜鬲穿行于战火硝烟。

那么，我们村的树柯杈就是介于鬲与甑之间的部分，取代了在战火硝烟中遗失的镂空的箅，用来放置食物，以蒸汽使之变熟或者用来保持温度。

这是生活的变通，母亲在春天取一截柳树的枝条，削削砍砍，放在一口沉默的铁锅里。我能想起的味道，是风吹过五月的田野，麦的香，野草的青与涩，乡间菜蔬的单纯，抑或还有一缕新柳的苦，在味蕾缠绕。老院里空无一人，我把书包放在门墩上，掀开锅，一碟辣椒面糊，一碗热粥，两个馒头，放在锅柯杈上，秫秸梃子做的箅子稀疏，有光条投影在锅底，荡漾成一段与童年相关的梦。

在梦中，我们家的那口老锅长出一棵树，枝条在伸展，树叶在攀升，刺破阴暗的老屋，一路向上，穿透苍穹。

日高人渴慢思茶

这是我的篡改，与东坡大人的“漫”有所不同，慢有其广谱性。也就是和我一样年纪的时候，四十三岁的东坡大人任江苏徐州太守。公元 1078 年春天，黄淮大旱，作为父母官的苏轼率众到城东二十里的石潭求雨，求雨成功，东坡大人为了感谢龙王降雨之恩再次赶往石潭。

“酒困路长惟欲睡，日高人渴漫思茶，敲门试问野人家。”最是人间四月天，新雨过后，田野上的麦子又一次逃过劫难，米黄色的枣花簌簌落在衣襟上，村南村北响起纺车缫丝的声音。路旁的老柳树下，有一位身穿粗布衣的老农在卖黄瓜。算一算回去的路程还有十几里呢，酒意却涌了上来，昏昏然让人直想在树荫下小憩一番。

艳阳高照，看了看黄瓜摊子，黄瓜太瘦，好像不大能解渴，还是随便去哪找点茶水喝吧。于是敲开一家农户的院门，问道：可否给碗茶喝？

我也有过这样的经历。有一年跟随表哥的收割机由南向北，驰骋在广袤的中原大地上。下一站是漯河舞阳县，随车带的矿泉水已经喝完，就连发动机加水也是从旁边沟渠里打上来的。五月的麦田，热浪滚滚，能看见蒸腾的热气从麦田里升起，晃动腰肢，继而扭成一团一团，在收割之后的麦茬地里左冲右突，嗓子就成了一条干涸的小河，哪怕有一滴水润润喉咙也好，可以掐灭干渴的火焰。

柳叶茶，在茶叶史的裙角摇曳，好像并不能进入茶叶正史。这没有什么，所谓的历史，原本就是由食皇粮俸禄的在朝人士所撰写的，与之相对的是稗官野史，被作为一种不可或缺的补充保留下来。

柳叶在春光中摇曳，鹅黄的枝条仿若历史若隐若现的线条点缀在民间。《濒湖集验方》有记：新柳叶三十克，以沸水冲泡，盖闷十多分钟，代茶饮，可清热，解毒，利尿。由此看来，柳叶不仅有替代茶叶的可能性，也有更好的解毒功效。

实在耐不住干渴，向等待收麦的一位老者要水喝。一个五公斤的水桶，上面落满灰尘，管不了那么多，拧开盖子咕咚咕咚灌了一气，回味，像小米汤的味道，有点涩，亦有清甜之味。问，才知道是当地的习俗，每至夏季，就会取当年春二月采下的柳尖为茶，用以解渴。

这是柳叶的篡改，以柔弱之心化为炎炎夏日里的一抹清凉，拂去了村庄的燠热。

我们村喝茶不甚讲究，与喝水基本同义。早年的锅灶上，往往设计一个燎水的灶口，材质大多为铅或锡。我二哥在盆窑场做工，把用来制作釉面的锡积攒下来，等南乡来的小锡匠。小锡匠个子矮，支起炉灶，小小的坩埚里发散出温暖的光晕，把小件的锡块放进去熔化，制作成洁净的扇形锡片，敲敲打打，就成了烧水的水壶。饭做好了，水也就开了，一家人拿着镰刀去收麦，我提溜着一个没有茶叶的大水壶，摇摇晃晃，走在风吹麦浪的田埂上。

也有少数人喝茶，多是时间积累下来的“惯命”——贬义，有作的意思。比如狗剩大爷，常年提着一把水壶，不管什么茶，只要是叶子就好，出工，放羊，串亲戚，左手不离右手。有一年去卖粮，眼看到了镇粮所，才发觉忘了带水壶，又晃晃悠悠返了回来，害得当日粮食也没卖成，被狗剩大娘骂了一路：“昂，你个水鬼托生的，那么多人也没见一个人渴死，就你洋兴。”狗剩大爷只是笑，哪怕到了生命的最后一刻，还指指八仙桌上的水壶，抿了一口，心满意足地闭上了眼睛。

从周朝至西汉，是茶饮出现的初始阶段。魏晋南北朝，天下骚乱，各种文化思想交融碰撞，玄学开始流行。酒容易让人失去常态，而茶却令人思想清晰、心态平和。玄学家、清谈家于是从好酒转向好茶。

自唐宋而明清，茶文化的兴起从一个侧面反映了社会经济实力的增长与发展，甚至一度陷入奢华与繁琐的形式。仅喝茶的用具就有茶鼎、茶瓯、茶磨、茶碾、茶臼、茶柜、茶榨、茶槽、茶宪、茶笼、茶筐、茶板、茶挟、茶罗、茶囊、茶瓢、茶匙等二十余种，名目

繁多，形式大于内容。这有悖于草木的初衷。茶生于山野，朝风暮露，说白了就是借一缕草木之香清胆明目，在混沌之中邂逅一片澄明。

我喝茶，纯属乱饮。日暮落下，捏一撮绿茶或红茶投进玻璃杯中，便开始进入文字的密林。写文一事原本就是野路子，无非是因为年少时种下的那颗种子，也想让自己的文字变成铅字。但时间久了，方知作文的艰难与困境。状态好的时候，沿着事物生成的脉络，沿着记忆的线条，懵懵懂懂，从虚无处捉来那些缥缈的文字，连缀成章，杯中茶也就淡了，稍一回味，字里行间也便有了茶的清香。若是一旦进入迷途，就像一个初谙世事的孩子迷失在丛林之中，那风是纠结的，天空阴暗，即便站立原地也不能辨明方向。这时，时间像一个巨大的旋涡，所谓的思考呀脉络呀都进入混沌之中。这时的茶是苦涩的，密集包裹着味蕾，让人不能畅然呼吸。

我知道这不能怨茶，怨只怨自己放着好好的理发师不做，非得好强逞能想当哪门子作家。不过话又说回来，多年养成的习惯，当文字融入了血脉，就成了一门不可或缺的功课，夜色开启，仍旧会像一头牛，在时间的罅隙中耕耘。

荠菜又名护生草，生长在田间沟渠，一整个田野就是母亲的茶园。春日，母亲提着土篮在麦田中行走，将一株株伏地而生的荠菜挖出来，择好洗净，置放于窗台风干，留作一年的茶饮。荠菜入茶，与柳叶有异曲同工之妙，清肝明目，并可补益脾胃，对高血压、高血脂、冠心病有辅助治疗作用。

有一年，母亲查出咽喉长了肿瘤，让一家人陷入惊慌之中，母亲却没有气馁，按照医生的叮嘱做了十几次电疗，也就是从那时起，母亲开始饮用自制的荠菜茶。我不愿牵强附会，但一株小草进入母亲的生命历程，十几年过去，医院当初所说的那些可怕后果并未出现，也让我对乡间草木增添了一份感恩之情。

茶有茶道。打从陆羽起，茶便形成了属于自己的精神谱系，并催生出很多流派。这与我无关，前人栽茶后人饮，我只不过借用草木之眼再一次进入生于斯长于斯的乡村。人间草木，从未远离脚下生长的土地，我们不能眼睁睁看着一片片良田被污染、被焚毁，等到“日高人渴漫思茶”时，才想起曾经造下的罪孽。

等一等，笊篱在喊你

二娘家在前，我家在后，都住在一条胡同口。有人问我，你有几个娘。我说，两个，娘和二娘。二娘一个人过活，二大爷年轻的时候被拉了壮丁，站错队，后来就再也没回来，听说埋在东北的大山里。

半中午就听见锅灶响，馋虫儿就从肚子里面往外钻，快要钻出喉咙眼的时候，二娘在前院喊，让我去端面鱼儿汤。二娘做的面鱼儿汤真香。青碧的是菠菜，细碎的是葱花，黄白相间的是鸡蛋花儿，游来游去的是炸得焦黄的面鱼儿。

二娘炸面鱼儿，笊篱是不离手的工具。在村庄，笊篱一年使不上几回，除了逢年过节祭拜祖先，祭祀天地，就是隔段时间焙油的时候。吃油，豆油、棉油、花生油，从葛庙集上的榨油作坊买回来，一股脑儿咕咚咕咚倒进铁锅里。火在下面烧，二娘在案板上忙活，葱花剁碎，拌上切碎的青萝卜，炸丸子。把撒了盐的面剂子擀成薄片，撒上芝麻，切成花刀，开始炸焦叶儿。最后才是炸面鱼儿，面粉葱花作料，打上两个鸡蛋，抓在手里往外挤，一挤一条面鱼儿，在沸腾的油锅里游来游去。

这时候笊篱适时登场了。一把柳编的笊篱挂在屋檐下，也许是沉默了太久，才在铁锅里游刃有余。我们村的笊篱，编的最好的当属大成哥，老河滩上割来的杞柳条，剥皮，晾干，洇湿，一插一折，一横一竖，柄是柄，眼是眼，对着夜晚的天空，能网住天上的牛郎织女。二娘手中的笊篱，打捞的是孤独的烟火日月，能有什么办法呢？一个孱弱的乡间女子，也曾满心憧憬，也曾恍惚听见笃笃的叩门声，醒来不过是黄粱一梦。

我有时会面对这些旧时的器物发呆，一件事物的生成有其原因和背景，使用这些器物的人才是命运的主角。那么二娘呢，是不是在二大爷走后匆匆去大成哥家拿回了一把笊篱？她需要等待，需要做好充足的准备，哪怕一根针一根线也成了不可或缺的东西。只有这样，她才能在风雪夜中点燃摇曳的灯盏，照亮夜归人回家的路。

笊篱用竹篾、柳条或者坚韧的铁丝编成，相当于乡间女子突然增长的手臂，形同漏勺，用来捞取食物：饺子，面条，面鱼儿。一旦使用过后，再次挂上寂寞的山墙。而我在追溯，逆着时光的河流一件件打捞，或许它们并不像当下的器具那么美观、精致，使用起来也没有那么方便，但那是时间上的绳结，记录了乡村的日常。

但事实并非这样，当你面对一件器物时，是否会有似曾相识的错觉，仿若亲人在远走之后遗留下只属于自己的生命符码，在某个瞬间拨动了我们的某一根神经。

我闭上眼睛，脑子里豁然闪现《庞居士误放来生债》里第四折的场景。

灵兆女缓缓上，唱曰："妾身是灵兆女。自从俺父亲在海上沉舟回来，搬到这鹿门山住。俺父亲会编笊篱，一日与我十把笊篱，将来长街市上货卖。这早晚无人买这笊篱，俺父亲的斋食，如之奈何？且到云岩寺山门首卖去，敢那和尚又要买笊篱也。"

天色临近黄昏，二八佳人款款走，丹霞禅师起俗心。想当年自幼满腹文章，一心考取功名，走在去往京城的大路上。路遇马祖禅师相问，小秀才，你这么风尘仆仆是要去往哪里？秀才说，还禅师呢，这也看不出来，我囊萤映雪、悬梁刺股、十年寒窗就是为了这一刻的到来，我要去赶考，我要中状元，我要进金銮宝殿身穿蟒袍当大官。马祖禅师听了微微一笑，当官？官有什么好，伴君如伴虎，两袖清风难免会受排挤，中饱私囊难免东窗事发，到最后午时三刻拉到菜市口，咔嚓一声身首异处，你且看看是你当官好，还是我一心向佛好。一番言语惊动了赶考秀才，"因此金刀落发，舍俗出家，先参马祖，后拜石头和尚"。

这是佛光闪现的笊篱，一把笊篱牵引出一场因果大戏。所谓来生债，是说灵兆女的父亲庞蕴庞居士原来生在唐衡阳郡的一个大户人家，有一个叫李孝先的人借了庞蕴的银子经商，后来亏了本，路经县衙，看见县令正在抓捕欠债不还的一干人等，惊吓成病。庞蕴听说，便上门劝慰，说真是造业啊，本来想着救人于急难，哪曾想让你积郁成病。随即当着李孝先的面烧毁债券，并且回家之后把所有积藏的债券一把火烧光，“烟焰冲天，上通帝阙”。

又一天晚上，庞蕴路过马槽，夜色宁静，听见里面传来驴马牛的对话。驴说，唉，没想到啊，上世欠债今世还，想当初就是因为借了庞居士的银子没能还清，今世就变成了一头驴，天天拉磨挨皮鞭。牛与马一起附和，言及同样的原因转世当牛做马。居士大惊，只以为平日乐善好施，哪曾想弄巧成拙都放做了来生债。罢罢罢，“释牛马驴，任其所之，悉焚田宅券。复以大船装载家赀悉沉于东海，携家入鹿门山，斫竹编篱，清淡度日”。

将全部家当沉入海底的庞蕴搬到了鹿门山上，随处是摇曳的青竹，风过耳是一身卸去凡俗的轻松。庞蕴负责采伐青竹，剖解，编织，制成一把把俗世的笊篱。夫人庞婆负责一家人的衣物与炊事，在清贫中安享天伦之乐。儿子尚小，除了在夜间温习功课就是漫山遍野地玩耍与奔跑。只有女儿初长成，身负笊篱来往于市井。

但生意着实不好，每从市井归来笊篱并没卖掉，只能靠云岩寺的丹霞禅师周济。又是一天归来，丹霞禅师念白：“我有心无心，买下三房子笊篱。这早晚敢待来也。”挑弄，嘲讽，多年青灯古佛并未消解心中的微澜。灵兆女不怕，一番“空即是色，色即是空”的偈语点拨了丹霞禅师：“我恰十凡心起微微动处，被一片黑云遮住。若不是点化真言，险堕了阿鼻地狱。”

后来的事情大概你能猜到，庞居士一家人在仙乐飘飘中同上兜率宫，原来庞居士乃宾陀罗尊者，庞婆乃上界执幡罗刹女，儿子凤毛是善财童子，灵兆女乃南海普陀落伽山观音菩萨。这是笊篱之功，非为买卖，以山间青竹的灵性点拨人世迷障，云开处，散发出普度众生的光芒。

我无意借一把笊篱来作为判断价值道德的准绳，只是透过斑驳的光影看见人心深处的良善之光。同样生活拮据的二娘，在漫长的等待中只做着相同的一件事情：活着。只有活着才能打捞希望，也只有如此才能完成这并非云淡风轻的一生。后来母亲和二娘不知因为什么起了矛盾，一度不让我去二娘家，二娘就偷偷觑在我放学的路口。只要一个眼神，我就明白二娘家又炸面鱼儿了，跟随二娘颠着小脚的步调回家，吃完一抹嘴，转身告诉母亲，我今天不饿。

母亲生病后，年迈的二娘常会过来陪病榻上的母亲说话。言及当年，母亲说明明看见我随着二娘进家，就知道二娘家炸了面鱼儿。笊篱在山墙上倾听，能打捞月光，也能打捞这属于民间的朴素真情。

除此之外，笊篱还有另外一种隐喻。古时的旅店大门外经常挂一把藤编或者柳编的笊篱，意即“不漏掉”或“留人”，招揽更多的客商，图个吉利。这时的笊篱已经走出烟熏火燎的炊事，以一颗古朴之心站在风霜的路口。我在初中的课堂上遇见过这把笊篱：“一排留宿的小店，没有名号，只有标记，有的门口挂着一只笊篱，有的窗口放着一对笊篱。”（李健吾）

只是时间变得越来越快，让人跟不上步伐。作古的二娘也好，点拨迷途的观音菩萨也好，或者还有那旅店窗口上古朴的标识，都日渐模糊。等一等，一把笊篱在等你。

火光映红
灶神的脸庞

狗牙坐在屋顶上，他踩坏一片瓦，差点从屋顶上掉下来，还在骂。哈，灶王爷。你个胡子拉碴的黑老头，你黑夜里走路绊跟斗，娘做了灶糖我一块不敢吃都给你，我们一家人一日三餐都敬着你，我晚上烧火的时候看你怪和善，没事儿陪你嘀哩咕噜说说话。哈，看看你，我就偷偷吃了一块炸瘪了的糖糕，看看你，就让我嘴疼，就让我牙疼，就让我喉咙根儿也犯疼。

狗牙骂了一天了，骑着墙头骂，在村庄里转着圈儿骂。别人问，狗牙，狗牙，谁得罪你了，你不停不歇地骂。狗牙也不理，他只想跟灶王爷说道说道讲讲理。狗牙说，哈，我看你天天怪恣儿，咋就一点不体贴俺们小孩儿。不是我馋，我饿呀，一年到头饭碗里没有几滴油星子，从春到夏，不是地瓜糊糊就是玉米饼子。灶王爷爷你看看哈，你一年到头啥事儿也不干，只管禀上天哩，说人间的坏，说人间的好，到了让一块灶糖给你粘住了嘴巴。依我看，你这是啥——啥，你打小报告哩，说我狗牙偷吃了你一块糖糕，就让我嘴疼哩……

村里人一说到这儿的时候，都哄堂笑。狗牙叔这时会折了一根草棍剔牙，幽幽点上一支烟。那时候，馋哩，饿哩，谁能管那么多。一时间饭场陷入了沉默。

灶神也是神，别拿豆包不当干粮。灶神忙，一身化成无数个在村庄里守着，在灶膛口看着。惯常，父亲会看看灶神像上的老皇历，几日，廿几日，还是卅日。父亲不识字，就问我廿或卅到底是什么意思，我回堂屋翻字典。父亲就依照上面的日子定黄道吉日，哪天出门，哪天盖房，哪天是什么节气，都是灶神爷爷教会的。

我有时会陷入冥想，人间到底有多少神？门有门神，可以看家守院。床有床神，可以护佑村庄里的婴孩。树有树神，可以夜观天象。河有河神，可以保佑从石板桥上跃入水中的我们不至于淹死。灶神呢，是不是每天飞翔在村庄的上空，观察村里人的日子，哪一家过得清苦，哪一家过得还算有点结余，哪一家人善被人欺，哪一家倚仗权势堵在别人家的门口骂。灶神在天上看着，顺便记在本本上，等到腊月二十五，上天禀报玉皇。

先有灶神还是先有灶，这是一个实质性的问题。燧人氏取火，是看见树上有只鸟在用坚硬的嘴巴钻树，星火点点，自己就找来一块木头，一试果然得到了火。这通红的火苗，就成了人类前进的火炬，从渔猎到驯养畜禽，从直立行走到农耕文明，是火作为使者打开了光明之门。我仿佛看见了最初的村庄，一群人从野外走向水草丰美之地，修建房屋，开凿沟渠，耕耘土地。同时，他们的饮食习惯也在悄悄改变，从最初的茹毛饮血到烧烤食物，再由简单的火烤到用一块石板、一只陶器烹饪。从淡而无味到各种调料的使用，从单纯的满足口腹到祭祀、食礼的出现。

灶神横空出世。其实有关灶神的身份是一桩公案。灶神是男是女，自古有不同的说法。经学家认为是老妇，或者是一位美女。唐朝李贤注引《杂五行书》又称："灶神名禅，字子郭，衣黄衣，披发，从灶中出。"这两种说法都有点近乎聊斋的意味。想荷锄而归的暮晚，厨房里忽然出现一位美女，太让人愕然。刚要生火，灶膛里传出一声断喝：呔，等我出去先。从灶膛口钻出一位披发男子，还不吓跑了三魂六魄。

我还是相信狗牙叔所说的。狗牙叔自从那天骂完了灶神，第二天晚上嘴巴肿着做了一个梦。梦里是一片旷野，狗牙叔光着屁股站在旷野上，对面是一位红面白髯的老头，老头旁边站着一位头发银白的老妪。老头说，狗牙，狗牙，看你来年还偷吃我的糖糕不？狗牙就说，老头哈，没见过你这么不讲理的，那是我娘做的，你要想吃回家让你娘做去。老头愠怒，脸涨得更红。还是旁边那位老婆婆和善，算了老头子，不就一块糖糕嘛，孩子小不懂事，暂且饶了他这一次。这时狗牙叔感觉小腹发胀，说，不跟你们扯麻线了，我要尿尿。醒来，躺在一片水渍里，被狗牙奶奶打了两下屁股，嘴巴却好了。

汉画像上，供奉着东厨司命、定福灶君，一看就是一对晚景美好的老夫妇。或许是老人心慈吧，年少的狗牙叔一战成名，也不得不被狗牙奶奶强揪着耳朵在灶神像面前跪下，磕了三个响头，说，灶神爷爷灶神奶奶宽宏大量，大人不记小人过，从此俺再也不跟你争嘴吃。然后乜斜一眼从厨房里走出去。

清潘荣陛《帝京岁时纪胜·乱岁》载："廿五至除夕传为乱岁日。因灶神已上天，除夕方旋驾，诸凶煞俱不用事，多于此五日内婚嫁，谓之百无禁忌。"意思是说腊月二十五到除夕灶神也过小长假。想来真是不易，一年三百多天，老两口在清汤寡水的村庄里守着，只为看清人间善恶，本本不知记满了多少个，毛笔不知用秃了多少支，苦口婆心在梦里不知教育了多少像狗牙叔那么贪吃的乡下野娃娃；到了，这家人还假惺惺地做了一簸箩灶糖，说是让灶神打打牙祭，实则吃了人家的嘴短，只能"上天言好事，下界保平安"。如此美好的愿景，我却觉得有失公允。既然生而为神，就要有做神的准则，条条件件必须铭记在心，不能像现在的一些人，举着拳头发誓，展开手脚忘本。

有一条好，灶神小长假时"诸凶煞俱不用事"，随处可听见噼里啪啦爆竹响，吃喜糖，闹洞房，摆流水席，真的是欢天喜地过新年的样子了。

倒是还有明白人，唐朝诗人陆龟蒙持着批判主义态度，在《祀灶解》中告诫人们："说者曰其神居人间伺察小过作谴告者，又曰灶鬼以时录人功过，上白于天，当祀之以祈福祥，此近出汉武帝时方士之言耳。行之惑耶！苟行君子之道，暗室不欺，屋漏不愧，虽岁不一祀，灶其诬我乎？苟为小人之道，专利以饰诈，崇奸而树非，虽一岁百祀，灶其私我乎？”一番话真是醍醐灌顶，若是灶君公正，君子即使不祭灶，灶神也不会诬告；小人即使一年祭灶百次，灶神也不会放过他。这是严明法纪的事情，劝告世人莫要贪图一点私利而断送公平与正义。

高速与嬗变的时代，眼看着村庄失去原来的模样，很多老屋塌了，很多厨房都从地上搬到了空中，不知年迈的灶神能不能跟上时代发展的脚步，小心翼翼沿着楼梯，生怕被忙碌的人们撞倒。我会觉得凄凉，当烟火改变了形态，味道也便失去了本真，当村庄没有了烟火，人们还能否沿着炊烟的指引找到归家的路？

炊烟乱

我时常做这样的一个梦：一个人坐在屋顶上，四周是浓稠的夜色，星光渐亮，此时的村庄接近透明，好像活在一颗巨大的露珠里。有低语的人声，归鸟的翅膀扑簌簌拍打，惊落老樗树米黄的花朵。夜空那么近，仿佛一伸手就能摘下一枚淡蓝色的星子，然后揣在贴身的地方，在如此孤独的夜色中不再寒凉。

我寻找梦的起源，有时人活着就是为了寻找儿时的每一个梦境。我在哪儿呢？为什么爬上屋顶，为什么如此接近星子与夜空？而星子又隐喻着什么，以至于常常出现在一个乡村少年的梦境？

那时的村庄，是炊烟的聚集之地。

晴日，无风，脚步杂沓，在厨房里出出进进，就听见风箱响了，就看见炊烟起了，一开始是散淡的一缕，接着腾出一束火光。那是六奶为了引火，先点燃了一把麦草。麦草是柴薪里的急性子，相当于一个急脾气的乡下人，一点就着，火焰腾空而起。而后，在烟道里直直升空，扶摇间，像一个幽幽升天的魂灵。

阴天，刚好飘着小雨，秋尚未深，一片叶子从树间滑落。日暮黄昏，这时的炊烟散乱，刚刚挤出烟囱就被风吹歪，被雨打散。噗，像一朵散乱的云，一朵接着一朵，在老屋的上空晕开，在村庄上空晕开。设若爬上树顶，这时的村庄堪比仙境，炊烟在树枝间缠绕，炊烟在屋瓦上涌动，炊烟顺着老河滩一股脑贴附在水面上，像一艘无形的大船，载着村庄的悲悲喜喜，一路向东。

我爬上屋顶的最好解释，就是母亲说烟道堵了，让我执一根竹竿骑在屋脊上，疏通烟雾升天的路径。其实更多时候是做做样子，河有河道，鸟有鸟道，一缕烟雾总能顺着直直的烟囱爬出来，而后弥散于村庄上空。

炊烟入词，“怅望金陵宅，丹阳郡，山不断绸缪。兴亡梦，荣枯泪，水东流，甚时休？野灶炊烟里，依然是，宿貔貅”，是一声叹息，家国事，兴亡梦，一时如缠绕的炊烟，让人梦断江南。入诗，“倦客重来忆去年，荒城斜日暗炊烟”，则仍不免一番感慨，重返旧地，只剩下一片荒城、一抹斜阳和一团黯淡的炊烟。

炊烟作为一种意象，一方面，彰显出村庄的蓬勃与声色，但凡有炊烟的地方必是故乡，但凡故乡总能让人挂肚牵肠；另一方面，炊烟以形而上的姿态凝结在文士的内心，家国兴亡，不免因一缕炊烟，牵扯起无边的抒情与惆怅。

炊烟入文，蒲松龄在《潍水狐》中写："李送出，问期，翁告之。过期数日，亦竟渺然。及往觇之，则双扉内闭，炊烟起而人声杂矣。"是说潍县李氏把房子租给了一位狐翁，没见人来也没见搬东西，院子里就升起炊烟，人声杂乱。一来二去，李氏与狐翁熟悉起来，就像多年的老邻居。问及家乡，老翁说老家在陕西中部，因过一段时间会有大难发生，所以迁居到此。有人结交，狐翁也恭恭敬敬接待，唯独当地的县令想要与狐翁交往总是遭到推辞。

李氏问为什么。狐翁说："你不知道，县令的前身是一头驴。今天虽然大模大样地高居民上，但毕竟是个吃面饼也醉的东西。"吃面饼也醉——随便拿一捆草引诱，驴子就会俯首帖耳，属于人格上的缺陷。

此时的炊烟是蒲大爷洞察世事的一个道具，以智慧之眼洞穿人间迷局。

炊烟作为日常，是村庄的一种常态。常有人说，这家三天不冒烟了，是说生活窘迫，以至于无米下炊。从我记事起，这样的日子倒是少见，顶多勒紧裤腰带一天两顿饭，把一天稀里糊涂过去了就好。这是没有办法的事情，上面派下来的公粮要交，孩子上学的学费要交、笔和本子要买，借无处借，卖无可卖，只能掐断一缕炊烟，蒙上头睡着就不饿了。

炊烟也可以作为一种代指，代指村庄与田园。"少无适俗韵，性本爱丘山。误落尘网中，一去三十年。羁鸟恋旧林，池鱼思故渊。开荒南野际，守拙归园田。方宅十余亩，草屋八九间。榆柳荫后檐，桃李罗堂前。暧暧远人村，依依墟里烟。狗吠深巷中，鸡鸣桑树巅。户庭无尘杂，虚室有余闲。久在樊笼里，复得返自然。”这是陶渊明《归园田居》五首中的一首，描绘出老人家对田园的依恋与向往。

二十岁开始宦游生涯，以谋生路。二十九岁时出任州里的一个小闲官。四十岁时怀着“四十无闻，斯不足畏”的心理再度出仕，出任建威将军刘敬宣参军。此时的五柳先生已经对官场有些厌倦，“目倦川途异，心念山泽居”“园田日梦想，安得久离析”。还等什么呢？官宦间无非是蝇营狗苟，你争我夺；官场上无非是名来利往，尔虞我诈。不如归去：“归去来兮，请息交以绝游。世与我而相违，复驾言兮焉求？悦亲戚之情话，乐琴书以消忧。农人告余以春及，将有事于西畴。或命巾车，或棹孤舟。”

南山上升起袅袅炊烟，公鸡在桑树上啼鸣，母鸡在窝里下蛋，一只狗从柴草窝里站起，扑簌簌抖落身上的树叶草梗，看篱笆外谁在喊主人邀看明月，或送来一壶老酒。“我醉欲眠卿且去，明朝有意抱琴来。”昨日之友果真没有爽约，一大早就颠颠跑来说要抚琴赏菊。

我看《小王子》，孤独中有深深的忧伤。在B612小行星上，如果一天不劳作，猴面包树就会开始肆意生长。在那里，炊烟作为隐形的符号而存在。一部童话之所以成为童话就是省略掉生活的日常而彰显出灵魂的居所。小王子说地球：“你们这儿的人种了成千上万朵玫瑰，所以看不到自己想要的东西；你们所要找的东西，其实就在一朵玫瑰中，或者一掬水中。”繁忙的街道上是行色匆匆的人群，行色匆匆的人面无表情。嬗变的世界，不知从何时起更改了日出而作、日落而息的作息表，夜以继日的灯光之下，无非是数据、业绩与各种报表汇入时间的河流。

老了的飞行员说：“真正的问题不在于长大，而在于以往。”那么，现在我终要找到那个梦境的起源，在村庄，在乡野深处。

炊烟升起的天空，村庄是一位水墨画大师。铺开宣纸的天空，墨浓墨淡，一笔画下村庄里的草木，草木间是清脆的鸟鸣、虫鸣。一笔画下我所居住的老屋，母亲和父亲只是在笔墨间行走的两个小点，以家为圆心，耕耘、播种，在村口呼唤我的乳名。一笔是泼墨，挥洒出去，疏笔淡墨间是谷物，是阡陌，是一弯浅浅的老河滩，还有一座简陋的青石板桥，渡烟火，渡日月，渡炊烟一样缥缈的灵魂。

炊烟再乱，我还是能沿着一缕或深或浅的炊烟找到远去的光阴。淡蓝色的穹顶下，一个孩子接近夜空，接近星辰，接近独一无二的那朵玫瑰。

提刀夜行

不论红事或白事，黑叔只管提着他的那口钢刀。事毕，主家会封上几十元的开刀礼，黑叔也不谦让，就像自己做菜从未偷奸耍滑，饮尽杯中酒，把菜刀往腰间一别，踉踉跄跄回家。

在村庄，菜刀温良，世间所有的刀几乎都是杀人利器，唯独这把刀渗透进日常，谙熟生活之道。沉默时，一把菜刀在昏暗的老屋中冥想，上面布满铁红色的锈迹；铁刀发声，叮叮当当，说得无非是闲言碎语。庖丁之刀，是将一把刀作为暴长的手臂，游刃有余，将一件血淋淋的事情当作行为艺术。

而菜刀之外，在乡村的夜空下游走着更多的刀具：镰刀、砍刀、柴刀、瓦刀、斧头、剃刀，但凡带尖带刃的都可以称为刀，在月色中泠泠作响，闪耀着微不足道却危险的光芒。

少年走走停停，在经过村口的小桥时曾略作迟疑。月光在河水中荡漾，一些事物的纹理开始紊乱。磨刀石的回声，让母亲心有余悸，她不知道自己最小的儿子藏着什么样的仇恨，从木格窗棂上取下一把生锈的镰刀，摘去原有的手柄，换上一个更短更趁手的短把，在石头上打磨。

时间在贫穷之家更善于停留，少年的婚事来自于一位耄耋老人。那老头干瘦，用颤抖的一如枯枝的手指指着少年，指着这个家里的每个人。你们看看，你们家有什么，一间房屋四个旮旯，人家女子不说什么就好了，就应了吧。说完，一声重重的咳，用那把枯枝把桌上的两包烟揣进兜里，趔趔趄趄，骑上一辆三轮车，消失在逼仄的乡路上。

少年陷入回忆，父亲躺在床上的样子让他揪心不已。看来是没什么希望了，像这种早年偏瘫的病人一旦倒下是很难再起来的。村医刘大芳叹了一口气，留下几天的药片。母亲抹了一把泪，从堂屋里出来，跟少年说，把这窝猪卖了就成，再找人家借一些凑凑，订婚席、彩礼钱总算还能凑上。三千元，按说也不多，事情还算顺利，女子家来人的时候，母亲央告几位族人把父亲安排在牛屋里，没有人透露出一点消息。

镰刀藏在腰间，月光只是在一刹那看见少年冷峻的脸，刀的光芒一闪就隐藏起来，像是隐藏起一个少年难以启齿的秘密。他自小怕刀，那冷冷的光芒隐藏着嗜血的本性。

说不清是第几天了，少年总是在夜幕降临时来到那个女子家门口。手指枯枝一样的老头后来只来过少年家一次，这次与上次情况大相径庭。你们看吧，你们看吧，我也管不了，他们说什么也不同意这桩亲事。老头摇摆着枯枝一样的手说。那退钱啊——母亲止不住悲伤，却也没忘记彩礼的事情。

到底说不出什么原因，少年与女子见的最后一面也是不欢而散。所以，过后的那些天，每当夜色降临，你经常会看见一位少年在女子家门口游荡，像是人间孤魂。失约，他不遗憾。女子家人的损贬与责骂亦未让他退却。他们说，信不信你再来会把你打残。少年依旧梗着脖子，像一只小公鸡向前凑了两步。

有关刀的描述，在《天工开物》中是这样描述的："凡健刀斧皆嵌钢、包钢，整齐而后入水淬之，其快利又在砺石成功也。"这是说经过热处理的刀斧，都要嵌钢、包钢，修整以后放入水中淬火，其锋利全凭在磨石上下功夫。钢铁就是这样炼成的，一把刀也是在岁月的沉淀中形成了自身的光芒。镰刀、柴刀，甚至一把锄头，都有着村人一样的属性，虽木讷而骨硬，虽卑微却倔强。若有三分退路，哪个会提刀夜行？

多年后，我在作家格致的一篇文章中读到这样的句子："卖瓜人一手托着瓜，一手握着西瓜刀，不好，哪不好？并且直视我。……残留的西瓜的汁液，正从刀尖一滴一滴缓慢地滴到地上。它们是淡红色的，跟人体的血液极其相似。刀是月牙形的，刃口比刀背长出约一倍，在强光下反射出刺目的光。它距我只有二十厘米，只要二分之一秒，刀就能将这段距离变成零甚至负数。"我试着去理解少年的内心，是什么让一个乡村少年冷峻着脸庞站在人群中间。

有人在讥笑，看这一身打扮，家境也不会怎么好，听说家里还有一个瘫子。有人在试探，喊几个人打跑算了，却始终没人能站出来。有人或许在同情，算了吧，一个奶娃子，哄走算了。

少年没有离开，他不知道自己在捍卫什么。母亲在夜色中哭泣，好像天塌了一样；父亲依旧躺在床上，胸膛起伏，喘得像一只破风箱。这是一段看不见黎明的夜色，漫长，悲伤，每个人心中都充满绝望。或者只是因为那一窝猪，母亲在第二天交付给屠夫胡三，换成了一叠薄薄的钞票。很多年后，少年长成了青年，青年又变成了中年，都对钱有一种感官上的拒绝，他不知道人们赚钱除了吃穿以及照顾家人的病痛还有什么用处。他要读书，在安静的夜色中走进他者的人生，或者隐身在与世无争的草木中。他尝试写作，试着将郁积于心的激愤或伤痛化作一行行文字，组构成乡村图谱。

图穷匕见，事关勇者之吟，“风萧萧兮易水寒，壮士一去兮不复还！”荆轲到了咸阳城，朝见的仪式开始，一把匕首暂时收敛了光芒。人们在歌颂荆轲时，我却感觉到一丝凄凉或悲哀。太子丹与贵族们在易水河边送行，将所有的命运寄托在一位平凡者身上，这本身就是一种讽刺。命运啊命运，没有人能逃脱宿命的安排，地图徐徐展开，一把匕首的吟鸣呈现，却未能阻止一个国家的覆灭。

少年终未抽出那把短柄镰刀，收割的锋芒从来没有嗜血的欲望。我看见他走在寂静的夜色中，路旁的庄稼沉默，草木沉默。人总是要长大，即便是恨，或者无奈，也要交付于风中。月光清幽，一个窘迫的家庭并未在夜风中衰败。

少年收息了心性，在冗长而忙碌的生活中养成了写作的习惯。那些过往的人事一件件浮上水面，那些旧年的冷暖一点点温热化开。没有什么能打败一把耕耘的刀具，只要有土地，只要种子样的星火不灭，就会冷峻着面孔，提刀夜行。

这时的刀游走在武林之外，这是一个人的文字江湖。

记忆中的每一天都是节日，
你对我说。
夕阳落在有神居住的村庄

风俗部

第二辑

说土语的筷子

天空灰蒙蒙的，村庄也笼罩在一片灰蒙蒙的意象里。我躺在床上，盖了三层被依旧喊冷。我说，娘，我飞起来了，翅膀有点重，前面黑乎乎的啥也看不见。只听见母亲焦灼的脚步声，来来回回，嗵嗵响。

母亲从厨房里取来三根筷子一只碗，坐在床前，外面的灰蒙蒙把土屋之内也涂抹成灰蒙蒙。很多年了，我总不能走出这样的意象，就像一个疲惫的旅人，看不到来处，也看不到远方。母亲把三根筷子并在一起，像一位神仙附体的法师，嘴里念念叨叨，走吧，是谁你就站住，我们不曾得罪你，我们也不曾欠你什么东西。筷子松手倒下，母亲换了另外一个人开始念叨，是你吧，是你你就站住，没钱花了晚间我给你送上三两纸，孩子小，你走，越远越好。

筷子站住了，三根筷子此时紧紧团抱在一起。母亲脸上的愁容渐渐退去，把筷子在清水中蘸了一下，额头，脸颊，鼻翼，分别点了三点，这才走到门外，把清水倒掉，把筷子放在倾覆的碗底上。然后，母亲用菜刀围着碗筷使劲在地上剁，仿佛有什么深仇大恨。

这是会说土语的筷子，作为母亲手中的法器在帮我驱赶不洁之物的侵扰。一整个夜晚，母亲用额头轻触我滚烫的额头；我则在灰蒙蒙的天空越飞越高，云团在挤压，我努力伸展翅膀，看见蜿蜒的河堤，看见流淌的河水，看见深秋的田野，从灰蒙蒙的意象中渐渐显露出来，棉花是棉花，高粱是高粱。

翌日，高烧退去。

我们村不产竹子，而筷子是唯一的竹器。那些在南方青翠的竹子，不知经过多少坎坷的道路，翻山越岭来到我们村。记忆神奇，当我深入记忆的腹地，能想起学习使用筷子的场景。吃水饺，母亲用秫秸梃子削出叉的形状给我，我却一把夺过母亲使用的筷子，拇指食指中指无名指，几乎无师自通，这让他们十分惊奇。

使用筷子的历史几无可考。石器时代，生活在大河边的先民用树皮做的水桶汲水，用几片硕大的荷叶折叠成容器。投入新鲜的野菜或者尚在喘息的鱼，然后拣取干净的鹅卵石，投入燃烧的火堆，烧红之后，用竹筷夹起烧烫的鹅卵石，投入水中，使水沸腾，把食物烫熟。

这是筷子的雏形，没能想到用于进食的器物最初却用来投放滚烫的石头。好歹总算与炊事有关，进而进化成箸，也算顺理成章。

青梅竹马，一个词语涵盖了太多快乐的光阴。家境窘迫，老祖母从集市上买来一小块猪肉，包猪肉韭菜馅的水饺，刀与案板，发出当当的回声，在黑白村庄的上空立体环绕。

我只记得，那天的黄昏来得很早，芦花鸡沿着斜靠的犁杖、土墙，一展翅飞上投下青灰色树影的老槐树。院子里有一株矮矮的杏树，杏树上结了几枚青涩的果实。杏儿，许多年以后我还耿耿于怀，没能找一个长得像杏儿一样的姑娘为妻。白白的皮肤，大大的眼睛，肉乎乎的脸蛋，这几乎成为我年少时对异性产生好感的唯一标准。

灯光昏暗，筷子作为一种隐喻适时登场。其实，多年以后，当我与他乡归来的杏儿坐在一起吃饭，首先注意的就是对方手中的筷子。没错，我拿捏的依旧是中间稍稍以下的部位；而她的手指仍然在筷子的中间以上。

缥缈的时光中，老祖母坐在旧年的光影里。那晚，老祖母留杏儿在家吃饭，当然是用戏谑的口吻问我，长大了娶个啥样的媳妇儿？我头也没抬，一边一口塞下一只水饺，一边说杏儿样的。土屋里的灯光有一丝羞怯的红，瞬间染上杏儿的脸颊。老祖母说的，拿筷子的手越是靠下，将来找媳妇越是找近的人家，反之，呶——像杏儿，肯定找个远远的人家嫁了。

在乡下，筷子的使用颇多禁忌。一是不能直接将筷子插在饭碗上，像是坟头上供，会被老祖母责骂。二是不能在吃饭时敲击饭碗，母亲说像叫花子一样，将来没啥出息。三是不能夹菜时筷子像雨点样落下，好像饿死鬼托生的。想来也是，既然生而为人就要有点做人的样子，乡村并非顽固不化的蛮荒之地，我们只不过在用自己的方式启蒙。

明徐祯卿就在《剪胜野闻》里记载了这样一个故事："翰林应奉唐肃，初以失朝，坐免官，归乡里。太祖重其才，再召入。尝命侍膳，食讫拱箸致恭为礼。帝问曰：'此何礼也？'肃对曰：'臣少习俗礼。'帝怒曰:'俗礼可施之天子乎？'罪坐不敬，谪戍濠州。"本来是一个重生的好机会，却不料马屁拍到了马蹄子上。叫我看，这皇帝也不好，好歹人家躬身施礼，若是经国之才何必因为一双筷子而埋没。

朱门之家，凡事无所不用其极，早些的譬如象牙筷，硬生生把一具象牙从野象嘴里掰下来，磨切，加工，就成了一双代表奢华的道具，其实味道不增不减。后来又出现了金、银、玉、石、角、玳瑁等高级材质的筷子，形制花纹，不一而足。最为夸张的，据说明代奸相严嵩被罚没家产时，抄家物资中有金箸两双、金镶牙箸一千一百一十双、银镶牙箸一千零九双、镶牙箸二千六百九十一双、玳瑁箸十双、五木箸六千八百九十六双、斑竹箸五千九百三十一双、漆箸九千五百一十双……这一路下来，一双双筷子指指点点，也难免戳透老严头的脊梁骨。

我们村的筷子简朴，大多风尘仆仆从南方的雨季赶来，夜静时仿佛还能听见雨后春笋的声音，嗞嗞，嗞嗞。白居易《过李生》曰："须臾进野饭，饭稻茹芹英。白瓯青竹箸，俭洁无膻腥。"饭是野饭，无非是小麦玉米地瓜高粱，煮熟煮透，村庄里弥漫着三尺厚的醇香。菜无非是白菜萝卜和雨夜里剪上的几缕春天的韭菜。碗是粗瓷大碗，一双轻盈的青竹筷，便可应付完漫长曲折的一生。

葫芦藤上结西瓜

我小时候读书，看历史书上的司南，像是我家的水瓢在水缸里飘摇。水缸是一位静悟的诗人，安放在厨房一角，水浅了，母亲嘱我去村口的老井汲水，水桶哐当，吓得一只躲在井壁上的青蛙跳入水中，摇碎天上的云；水满了，月光透过木格窗棂落在水面上，水瓢这时是村庄的指南针，所指之处，即是我们忽明忽暗的远方。

水缸吟诗，水瓢一定是注脚。活着，不贪一粒谷物，也不贪恋一滴晶莹之水；身世飘零，来自老河滩上的一根青藤。青就青着，身披月光——世界上最简洁的衣物；黄就黄了，没学会老于世故——一刀剖开，足见真诚。

我母亲种葫芦，就选菜地的边边角角，一粒葫芦籽种下便能收获整个秋天。秋叶落，葫芦藤蔓爬上最近的一棵树，像灯，青色的灯，黄色的灯，一路下来，早被村庄里的婶子大娘打上了记号。瓜婶说，呶——那个最大的给我，我家做面瓢。六奶说，嗯，他三嫂，就留个小的吧，反正家里也就我一个人。母亲记着，等哪天下了秋霜，葫芦停止生长，一把将葫芦藤割下来，各归其主。

葫芦一开始不叫葫芦，汉代以前被称作瓠、匏、壶；汉代以后，叫壶卢、蒲卢、葫芦。设若历史是一根时间的藤蔓，那么葫芦正好是一部编年史，以自然的方式结绳记事，记下光阴的年轮与刻度。

“幡幡瓠叶，采之亨之”是《诗经》里的诗句，母亲毫不费力就做出最好的诠释。年幼的葫芦太小，像一个黄发垂髫的野孩子，长满绒毛。要大一些，母亲一闪身从老河滩上摘回来，做汤，做菜，做下一顿葫芦味儿的家常饭；当然，葫芦叶是必不可少的，其实也是为了让葫芦藤长得更壮，爬得更高，掐去旁逸斜出的嫩芽，香油几滴，蒜末，青盐，凉拌即食。《管子·立政》里也说：“六畜育于家，瓜瓠荤菜百果具备，国家之富也。”这是把葫芦提高到了国富民强的高度，既可以荤食做汤，又可以素食做菜，还可以制成葫芦干，以备青黄不接时当作干粮。

葫芦为瓢，来自于孔子称赞颜回：“一箪食，一瓢饮，在陋巷，人不堪其忧，回也不改其乐，贤哉，回也！”意思是一碗饭，一瓢水就够了，一个人无需太多物质上的贪恋，大略就接近圣贤了。在这里，瓢是量具，和我们村里的水瓢、面瓢的功用大致相同。依葫芦画瓢，母亲让我去木匠爷家借来一把锯子，在风干的葫芦上画出一条线，剖开，一只当水瓢，一只用来㧟面。隔壁六奶颠着小脚说远方侄子来了，借瓢面，母亲就在面瓮里㧟了一瓢，冒尖。六奶还面时，更尖。这是乡村的约定俗成，无须太多表达，你来我往间，用一只瓢维系着质朴的血脉。

多年来，我也养成了素朴的习惯，钱的用途，无非是用来维系日常生活。孩子上学，修筑一座属于自己的房子，至于穿着，无非是御寒蔽体，不至于太过寒酸就好。买书，似乎成了惯性，在阅读时发现另外的书籍，在另外的书籍里又发现更多，横生的书单就像一株茂盛生长的树，总在向往更高的天空与更远的世界。我知道，这也许是一种病，年少时阅读的匮乏，造成了现在对书的饥渴与贪婪。好或者不好，我不能确定，只是习惯了一种散漫自由的生活，将读与写继续下去。

葫芦分类，一个族谱上分出若干枝条。名字叫扁蒲的，果实细长椭圆，大概就是我们村里的瓠子。长柄葫芦，果实长柄有腹，又名悬匏，是悬壶济世的最佳出处。亚腰葫芦，听名字便觉得至情至性，又可盛放酒浆，适合老子西出函谷关，吕洞宾东渡蓬莱寻觅人生至境。大葫芦，又名瓢葫芦，也就是我母亲在老河滩上种下的那种，作用是安放乡村日常，将睦邻友好继续下去。至于小葫芦，更像是一种玩具，我看颇多人士用来把玩，说是时间久了可以包浆，每日里搓来捻去，也不知小葫芦愿不愿意。

最大度的葫芦当是《庄子·逍遥游》里的葫芦。惠子说："魏王贻我大瓠之种，我树之成而实五石，以盛水浆，其坚不能自举也。剖之以为瓢，则瓠落无所容。"庄子说："今子有五石之瓠，

何不虑以为大樽而浮于江湖，而忧其瓠落无所容？则夫子犹有蓬之心也夫！”看来不同的人对同样的事物看法不同。庄子说，如今你有五石容积的大葫芦，怎么不系在腰间作腰舟而浮游于江湖之上，看来先生你还是茅塞不通啊！

这样的大葫芦只能在《氾胜之书》里种出，将一根葫芦藤嫁接在十株葫芦藤上，万流归宗，结出一个硕大的葫芦王。不知动画片《葫芦娃》里那些古灵精怪的小家伙是不是这个大葫芦的后裔，善于惩恶扬善，将世间妖魔鬼怪一网打尽。

范匏成器，有点接近我现在的写作，在各种资料、书籍间游荡摘引，并分门别类，套以记忆的线索，容以经验表达。有时我会陷入惶惑，如此夜读抄的意义到底有多大，是想留下点什么，还是为自己梳理即将消逝的乡村记忆，以期给后来者提供生活的摹本，原来我们也曾这样活着。答案近乎无。还是回到装在套子里的葫芦，有瓶形、盘形，或者扭曲成一只翘望的天鹅，“匏卢秋老结深青，范合方圆各异形。款识精镌题御玩，旋陶而外有新铭”。也罢，把一只普通的葫芦变成艺术品，赋以不同款识、形制，也算是把葫芦文化发扬光大，让生命以另一种方式延伸下去。

老九爷种西瓜，同是老河滩上的沙土地，总是比别人家的西瓜大出很多，有人去求经，老九爷秘而不宣，好像他家的西瓜地里藏着什么妖精。有一次我去看，老九爷正在把幼小的西瓜苗嫁接在葫芦茎上。

你知道，这已经不是什么秘密，葫芦藤上结西瓜，怪不得吃了一口葫芦味儿。

六指豆腐

黑驴咯噔咯噔地走着，眼前蒙了一块黑布。黑驴看不见自己的方向，有时方向只存在于心中。不知道多长时间了，杨二哥家的煤油灯只剩下一豆摇曳的灯火，在黑暗中散发出一种暖，弥散在老屋的每个角落。磨盘呼噜噜响，像夜色中一位沉睡的巨人。这时，村子里的人都睡了，唯独村后的这座豆腐坊，睁开一豆灯火的眼，看巨人躺在大地上酣眠。

不用翻墙，我家的老屋和杨二哥家的老屋只隔一堵墙，墙上有一个洞，我侧身而过，就来到杨二哥家的豆腐坊。该如何形容这样一种气息——睡在襁褓中的婴孩睁开眼就去寻找母亲的乳房，小手抓着，小嘴翕张，整个身体都充满了力量，目标是一枚鲜艳的红枣一样的乳头。或者，是五月麦熟的气息，一波一波的热浪在麦田中起伏，就看见丰腴的日子，就看见热气腾腾的馒头。

豆腐坊自有豆腐坊的气息。杨二哥把黑驴卸下来，牵进驴棚，丢进槽里一捆草，撒一把黑豆、麦麸。这时的驴是一头自由的驴，吃饱了看天，看累了睡觉，睡醒了在地上打一个滚，甩一个响鼻。意思是日子还算凑合，没有什么值得抱怨。杨二哥六指，是一次在给队里铡草时一不小心切断了四根手指，回家让母亲撒上一把草木灰，留下了一个六指的绰号。别人叫，我不叫，我安安静静坐在杨二哥的草铺地（北方农村用稻草、玉米秆、麦秸、豆秸做的一种床铺，冬天御寒取暖）上，翻看杨二哥的画册。说是画册，其实就是画的小人儿，有龇牙咧嘴的汉奸头子，有歪戴帽子的国民党军官，还有一个素面女子。

磨碎的豆沫，被杨二哥放进一块棉纱布，房梁上挂着一架十字拐，一端吊上一个角，杨二哥拿起一对夹棒，夹上纱包用力挤压，压榨出鲜嫩的豆汁。此时的杨二哥光着膀子，一用劲儿，胸肌腹肌背肌肱二头肌全都鼓了起来，我就停下手中翻看的画册，咬着牙使闷劲儿。

我上初中时，做过一道题：上述豆腐制作工艺流程中磨浆属于________（填“物理”或“化学”）变化，由豆腐花制作豆腐的过程就是将豆腐与水分离，该过程利用的操作名称是________。我毫不犹豫地填上了“物理”“卤水点豆腐”，哪知道卷子发下来化学老师给打了一个大红叉，且用红笔修改为“过滤”。到现在我也没想明白，明明看着杨二哥在沸腾的锅里加上那么一点盐卤，搅拌，

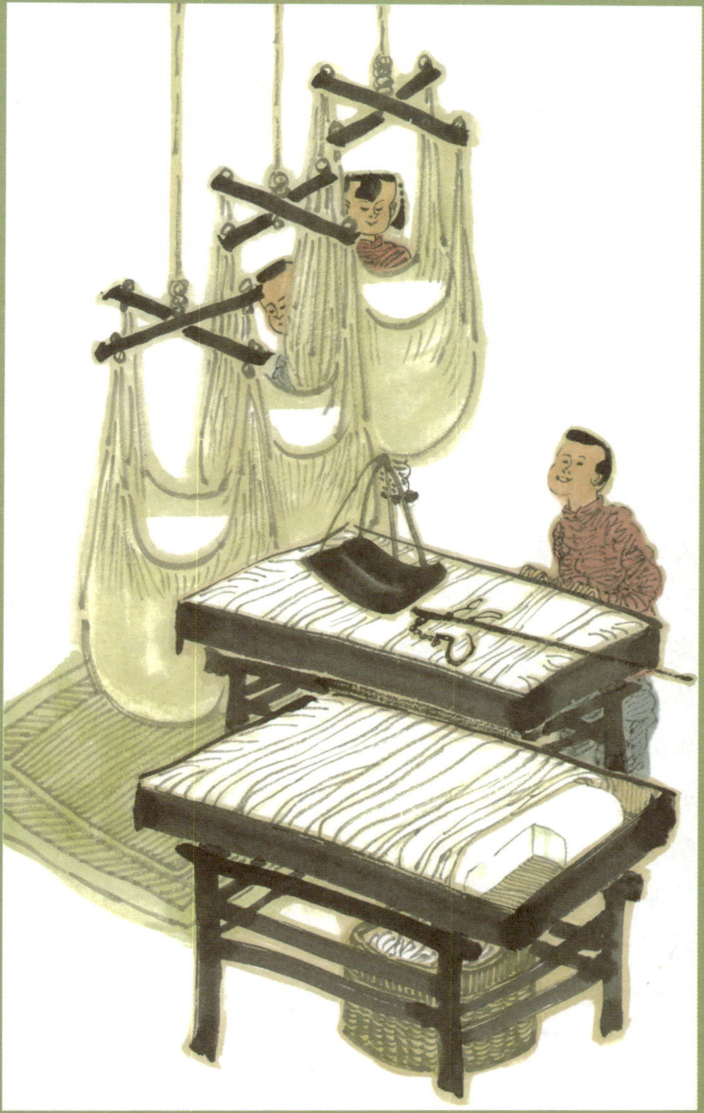

冷却，盛放在木制的托盘里，就成了乳白鲜嫩的豆腐。

时间是深秋，老河滩上的雾正浓，一团引着一团，一团拥着一团，向河滩上滚，向村子里涌。一声喊“豆腐来”，划破寂静的天空，是杨二哥骑着自行车，开始走村串巷。

我熟知豆腐制作的每一个流程，闭上眼，从那头蒙着眼的黑驴开始，时间滴答、滴答，在昏暗的老屋里走动。上包，杨二哥额头、脖颈子上的青筋暴露，将浓浓的豆浆挤压出来。到了夜幕时分，开始在铁锅里熬煮。那粒粒黄豆是皇天后土的结晶，在日月更迭中被镀上金子的色泽，饱满，真诚，经由一双缺损手指的手筛选，进入按部就班的制作流程。

日子忙碌而真实，杨大娘坐在蒲草团上纺棉。就是那么简陋，杨二哥多年来一直和杨大娘相依为伴，度过那么多简静的时光。豆腐坊里的灯光暗了，夜色沉沉像一团化不开的浓墨，将村庄点染成一帧静物画像。灶膛里的火光渐熄，偶尔还有一截未燃透的木柴发出爆裂的声音。沿着这爆裂声，一缕悠扬的二胡声依附着夜的身影在村庄响起。

杨二哥拉二胡全凭自学，在琴弦上抹上松香，紧一紧弓弦上的马尾，双眼一闭，指尖抚移——哽的一声，乡村小夜曲开始。舒缓时仿若村前的流水，走过春，流过夏，载浮起秋天的片片落叶；激昂时如大地上奔跑的野马，于无声处听惊雷，炸开沉闷的岁月，露出村庄坚硬的骨骼；悲伤时，你能看见杨二哥眼角渗出的泪水，时间长长，岁月长长，母亲在嘤嘤的纺棉声中老去，却不知该如何安慰。

琴声戛然而止，杨二哥的豆腐已凝成光阴沉淀后的白。

想想，在我们村吃豆腐还是有点奢侈，若非家里来了亲戚，很少有人切几块杨二哥家的豆腐炖菜。我二哥和村里几个年轻人在村东烧窑，制作陶盆，每逢装窑的日子就喊来各家的男女老少，一起干活，一起吃饭。窑场上支了一口大黑锅，白菜，猪肉，粉条，最重要的是买了杨二哥一整块豆腐。铁锹在大锅里搅动，火焰在灶坑里熊熊燃烧，装完窑，一桶水从头到脚浇下来，打了一个激灵，开伙，吃饭。我会吃着碗里的瞧着锅里的，直到蹦了两下，确认再也咽不下去才作罢。

既然说豆腐，就不能不说到刘安。这是一位颇具传奇色彩的封王，打破了富不过三代的谶语，汉高祖之孙，淮南王厉王之子，才思敏捷，阅遍天下文章，同时也是一位文学评论家，竟然搬来屈原的《离骚》，对其做了一番头头是道的评价。这还不是最重要的，刘大哥将鸡蛋掏空，用艾草燃烧取其热气，让蛋壳浮升，可谓世界上最早尝试热气球升空的实践者，若非后来炼丹制药，怕是要成为一位真正的科技先行者。

山是好的，泉水是清的，刘安此时想必已然觉得自己有些仙风道骨了，站在一方青岩之上，指挥着各方招纳而来的方术之士："劳烦各位仙家，八公山将是我得道成仙之地，待我羽化之日，我的封疆臣民都会留给众位。"一句话千人噤声，石釜里的豆浆热气腾腾，蒸汽混着山岚，真有点仙气飘飘的意思。有人或许看出端倪，或者真想待刘安成了仙人之后得到封土臣民，建议加上不知从哪里捡来的一块石膏，投入锅里。这一投不要紧，丹药没成，中国食谱却从此添上豆腐家族，煎豆腐、炖豆腐、小葱豆腐、麻婆豆腐、酸辣豆腐、臭豆腐、豆腐干、豆浆、豆腐皮、腐乳、豆腐丸子、豆腐丝……

喜食豆腐者众，苏轼有诗云："煮豆作乳脂为酥，高烧油烛斟蜜酒。"朱熹写道："种豆豆苗稀，力竭心已腐。早知淮王术，安坐获泉布。"窃喜或叹惋间，终是忍不住把一块块豆腐夹进嘴里。我以为对豆腐描述得最为全面的还是元代郑允端的《豆腐》一诗："种豆南山下，霜风老荚鲜。磨砻流玉乳，蒸煮结清泉。色比土酥净，香逾石髓坚。味之有余美，五食勿与传。"磨浆，蒸煮，以及豆腐初成之时的形色味神都一一记述下来。香逾石髓坚，我找不到能比这个更为恰当的形容。

琴声断，杨二哥临走时孑然一身，没过几日，杨大娘也追随他而去。只留下村后的一座老屋，以及在风中翻卷的画册。那画册也有我童年的痕迹，留白处，是一块回甘的老豆腐，在齿颊绵延。

冰鉴

红薯窖是贮藏红薯的地方，在院子靠近角落处画一个十字，开挖。有时我想，人能不能听到大地的心跳？就像古人，在地里埋上一面鼓，侧耳倾听，就能听见远处传来的金戈铁马声。大地上万物蓬勃，但大地本身具有更大的生命力，作为隐形存在，大地能听懂天籁及万物之语，比如哪一只飞鸟死在迁徙的航道，哪一个孩子循着母亲的呼唤找到家门。

只是大地沉默，在更大的沉默中蕴积着力量。你不能忽视或者怀疑，每一次灾难来临都有其发生的缘由和预兆。

生活在村庄里的人们是一茬茬弱不禁风的草民，所以会爱惜草木与谷物，敬畏大地与神明。挖到多深了，母亲在上面喊。直起腰，身上肯定是一层层的泥土。我说，就快好了，贴着土壁，似乎能听见水流的声音。母亲点燃一炷香，母亲和村庄里所有的母亲一样信奉土地。土地爷爷、土地奶奶端坐在村口的破庙里，这么多年不因村庄贫瘠而有半点差池，掌管着村庄里的鸡鸭牛羊，掌管着大地上的庄稼，也掌管着我们——作为草民的生生死死。

红薯窖挖好，像一个中空的人字，人从撇的那一笔爬上爬下，红薯就放在撇和捺的两端。大地上，秋色泼墨般催熟了高粱、大豆和玉米，每一株红薯都像一个小小的乳房。蜿蜒的茎蔓是绿衣裳，母亲用镰刀收割，晾晒在树上、墙上，留作猪羊过冬的食物。红薯呢，一部分略带伤痕的、小的，先吃，人吃，猪也吃。以至于过了很多年我还保留着这样一个习惯：但凡好吃的、喜欢吃的东西总是放在最后。先苦后甜嘛，这是一个屡试不爽的乡村教条，让我们潜移默化传承了下来。一部分在初冬的清晨淘洗，运到卧龙村加工成红薯渣，回来过滤成淀粉，等到冬至前后由黑叔的粉条加工作坊做成粉条，青展展挂满老河滩，像是一片片青鸟的羽毛。

最重要的那部分，作为我们越冬的食粮被放进红薯窖。我喜欢冬日的红薯窖，掀开盖冒出腾腾的热气，好像地心里埋着一口大铁锅，岩浆是加热的燃料，人钻进红薯窖就像重返子宫的婴孩。那一刻，天地宁静，偶尔能听见一两声缥缈的鸡鸣，待母亲唤时，才知道在红薯窖里睡了一觉。

红薯窖应该起源于井，或许是生活在村庄里的先民凿井取水，挖了很多天也没能找到水脉，不得已放弃时却发现前几日留在井下的饭菜竟还保存完好，一点也没变色变味。这是一个伟大的发现，并不比一口水井所带来的价值逊色。

再早可以追溯到两万年前，也就是旧石器时代晚期。由于复合生产工具诸如流星索、石矛和弓箭的普遍使用，狩猎经济进入蓬勃发展阶段，促使人类去寻求久藏猎物的方法。这从山顶洞遗址的分层便能一眼看明白。从洞口进去有上中下三室：上室面积南北宽约 8 米，东西长约 12 米，等同于现在的中小户型面积，留有的火塘遗迹，相当于厨房；中室遗留三个头骨和其他残骨，大概是卧室；下室则没有人类遗骨，而有许多动物化石，还有窖穴，比上层低温，又能保持恒温，是理想的肉类贮藏室。

仔细想来，竟有些让人灰心丧气，原来我们的生活还不如几万年前的祖先。村子里一年很少有肉吃，即使有，我们也没有换肉的钱，所以只能眼巴巴盼着逢年过节，才能从屠夫胡三那里割点肉打打牙祭。粮食呢，一部分要上交，勒紧裤腰带还是有那么长长一段青黄不接的时光。这时就该红薯当家了，红薯粥，红薯窝头，我三姐还发明了炒红薯丝，与酸辣土豆丝一个做法。

夏天的红薯窖是一个秘境。我说了，我喜欢红薯窖的安静，一个人待在里面，倾听潜流的水声，浪花时隐时现，在路过一块润滑的鹅卵石时水花四溅，没有游鱼，也没有繁花绿树，只有若隐若无的微光照亮流水的前方。这时红薯已经很少了，偶尔会有一只青蛙或者一条蛇抖落身上的泥土，睁开眼，才知道已是夏天。人若能像它们一样冬眠多好，就可以躲过那么多贫穷的岁月。

红薯窖也是一个暗黑之地。母亲不知从哪儿学来的一手，告诉我打开红薯窖时要点燃一盏煤油灯，系在绳上放进去，如果拉上来灯还亮着，下去就没问题；如果灯灭了，那么则需要把盖子掀开通一上午风才可以下去。我不解，但我遵守母亲的下红薯窖守则，就像现在，每当我遇见不能解释的问题，从不无理咬三分，不纠结，我会在书里找，毕竟沿途走来那么多思想的斗士与先哲，他们所遵从的规则无须再做更多诠释。

猛子则没那么幸运。猛子和我一样的年纪，也喜欢往大地深处躲藏。捉迷藏，五六个孩子寻找了很久都没有找到猛子的影子，天就黑了，人们手持灯盏四处寻找，最后在猛子爷爷家的红薯窖里发现一只鞋子，让人下去，猛子婴孩般蜷缩在红薯窖里，眼睛闭着。这是一个通往另一个世界的洞口，除了忧伤、遗憾，我甚至有那么一点点向往，沉睡或醒来，只不过是两个世界的分水岭，一厘米之外，生死两重天。

由此看来，我们村的生活质量可见一斑，只能以一眼通向地下的洞口贮藏保鲜越冬的食粮与菜蔬。过年时，母亲嘱我把藕节、芹菜、生姜放进红薯窖，和红薯一起冬眠。不知红薯是否也做了一个千年莲开的梦，地脉深处的水声漫上来，漫上来，没过寂静的光阴，就看见青碧的荷叶了，就听见夏日的风声了，就和胡萝卜、辣萝卜紧紧拥抱在一起，顺着流水的方向，逐水而去。

我们村的红薯窖，还有藏冰的方式可以略作一叙。“井非冰而不能全其净，冰非井而不能应其时”，这是唐代史宏《冰井赋》中的话。夏天为了祛暑和制备冷饮凉食，历代王室必设藏冰机构，并有专人处理相关事务。隋唐之际，是藏冰发扬光大的时代，不止王公贵族，富有的市民也有了这种追求。《隋炀帝迷楼》中有这样一个故事，说隋炀帝杨广有一次吃了方士进贡的大丹丸，一时急火攻心，饮下上百杯凉水也不能止渴。御医怕了，赶紧开方调治，并在寝宫放了两个大冰盘，让杨广看着，望冰止渴。后宫的妃子们为了引诱皇上，争相买冰为盘，结果“京师冰为之踊贵，藏冰之家，皆获千金”。“每需冰雪，论筐取之不复偿价，日日如是。”太子少傅白居易的诗名，连卖冰的小贩都知道。听说他要冰块，小贩常整筐整筐送给他，天天如此。

冰鉴，就是暑天用来盛冰并置放食物的容器，大概是人类使用最早的冰箱，有陶制、青铜制。内壁挂锡，箱底有小孔，暑热来临，可将冰鉴上面的活板取下，并将新鲜瓜果或饮料镇于冰上。这让我想起小时候吃西瓜，把西瓜放进我家的红薯窖，第二天取出来沙甜、冰爽，绝不亚于冰鉴的功效。

“以铜为鉴，可正衣冠；以古为鉴，可知兴替；以人为鉴，可明得失。”那么以冰为鉴呢，我看见的是富者的奢靡与浮华；以我们村的红薯窖为鉴，我看见命运多舛的乡亲一步步挣扎走到现在。

村庄能否永在，我陷入了疑惑，只剩下远年的一眼红薯窖，直通大地深处。

黄金时代的烤肉图谱

无论如何，母亲也不能阻止我对那条小河的依恋。日光清冷，偶尔会有一架飞机掠过头顶，轰的一声，屁股后头留下一条长长的烟雾。我好像从未关心过这些，一个人的时日有限，窗外的世界如何美丽与我无关。

眼下最重要的是找到我昨日在老河滩上打的围堰。这是一种近乎原始的捕鱼方法，找一片清浅的河滩，形状像东北的水泡子，蓬生的杂草，有一条窄窄的颈项连接河水。鱼们不知危险，以为是一座世外桃源，野草是茂密的丛林，杂花生树，在浅水滩里游动的蝌蚪是它们的伙伴，可以追逐嬉戏。危险到来，我紧张移动的身影对它们来说等同于末日来临。双脚翻起惊天的波涛，双手像一架凶猛的推土机，很快堵住了鱼们的去路。

这是童年的一个小小阴谋，我用几十分钟的时间捕获了那些可怜的鱼儿。

我吃鱼的方法无非是烤，把弄湿的衣服脱下来，挂在树杈上晾干。随处捡来一些枯草、树枝，点燃，把鱼穿在小棍上，快速翻动，很快老河滩上就飘起一缕缕烤鱼的香味儿，这香味儿与一股缠绕的风混在一起，弥漫在无忧无虑的童年。

人类也有童年，蒙昧时代，雷电或腐草引起的一场大火，吞噬了整片森林，那些惊慌的鸟类与兽群，常常无处躲藏，以至于被发现时，早变成了一具烤熟的尸体。这是自然带来的启迪，当原始人尝试着接近那些烧焦的野兽时，胃口大开，也代表着人类茹毛饮血时代的结束。有时我想，那应该是一段不可复制的黄金时代，物竞天择，人们以最为本初的心态面对世界与生活，河水没有被化工厂污染，兽类没有被喂食激素，瓜果没有施用化肥，人心没有被金钱与物质蒙蔽，坚固的山洞里有着最初的分工，男人出去狩猎捕鱼，女人负责采摘草木的果实，孩子们也不用背着沉重的书包上各种辅导班，只要跳出母亲的怀抱，就可以无限接近大地与天空。

并非美化，蒙昧与现代文明之间有着本质上的区别，躲在云层之中的梦魇与在一片叶子下安眠不可同日而语。需要回来，我只是在寻找一串烤肉的路上发现了生活的旁枝末节。中国可考的烤肉史，大致起源于元谋人时期，后来在北京人遗址上也有明确的发现。在这两个遗址上，都有炭屑与灰烬，有的成堆，有的分层，多的地方厚度达到六米。这些充分说明了最初的烹调是由烧烤和膨爆（把植物种子放在炭火上爆成米花来吃）发展而来的。

时间在推移，像是巨大的洪流，推动着人类与世间万物，并最终决出巨大的分水岭。那些单纯的兽与草木，逐渐成为人类用以维持生存的食物；那些生命力顽强的原始人，经过长时间的进化，有了更好的狩猎与耕种技巧。随着复合生产工具的普遍使用，在新石器时代催生了种植业、养殖业以及制陶业的形成。

《弹歌》是《古诗源》中的一首歌谣："断竹，续竹，飞土，逐宍。"短短的八个字记述了上古时代的狩猎场景。断竹，身穿兽皮的原始工匠，把竹子砍下来，将最柔韧的部位破竹成片。续竹，用坚韧的兽皮割制的细绳做成弓弦。飞土，用烧制的坚硬的泥丸作为子弹。逐宍，在莽林中穿梭追逐野兽。还有一种方法，在猎物奔跑时，将用棕绳拴系的石块奋力甩出，以缠住猎物的腿脚，达到捕猎的目的。

好了，美好的时光开启，我们的祖先开始享用最古老的烧烤食物。或切片石烹，用燃烧的烈火把石头烧红，把生肉放在石头上；或用坚硬的树枝把肉穿成串；或者干脆来一次烤全羊、烤乳猪，一脉相承，使得烧烤之法到现在还在世间流行。

我开始有些怀疑，所谓的发展究竟给我们村带来了什么好处。鸡鸭成群，母亲小心翼翼地呵护着，像对待自己的孩子一般无二，鸡蛋呀鸭蛋呀，很少出现在我们的餐桌上，往往被提到集市上换成钱，用以维持日常生活。牛羊也有，作为耕种的骨干力量谁舍得杀一头牛呢，时间长了就成了家中的一分子，默默陪伴沉重的光阴。即使羊，我们也没那么豪气杀了做成串烤肉吃，只能到了临近春节

时，煮成一锅羊肉汤，一直吃到正月十五。

时间一转眼到了汉晋，那时的烤肉呈现出一派繁荣的景象，且在工艺上已经炉火纯青。在山东诸城前凉台村发现的一方庖厨画像石上，刻画了一组完整的烤肉串场景。一个人串肉，将肥瘦肉相间穿在签子上。一个人在炉子前烤肉，不时翻动，炉子上放着几串肉，另一只手扇扇子鼓风。另外两个人跪立炉前，等候已经开始散发出香味儿的肉串。

关羽刮骨疗毒时，大概也是这样的待遇。“羽尝为流矢所中，贯其左臂，后创虽愈，每至阴雨，骨常疼痛。医曰：‘矢镞有毒，毒入于骨，当破臂作创，刮骨去毒，然后此患乃除耳。’羽便伸臂令医劈之。时羽适请诸将饮食相对，臂血流离，盈于盘器，而羽割炙引酒，言笑自若。”割炙引酒，谈笑间一串烤肉化解了肉体的疼痛，成就了英雄美名。

不知何时起，小县城里开始流行烤串，我想许是日子不再像我们以前那么熬煎了，人们对吃的欲望也大大增强。方形的烤箱里木炭明明灭灭，一个新疆打扮的中年人一边用卷舌音招呼着来来往往的顾客，一边猛扇手中的蒲扇，烟熏火燎中一串串肉串上桌，男人、女人、孩子，各人一把签子吃得满嘴流油。旁边的串签女子在努力对付着羊身上的每一处细节，羊板筋、羊蹄子、羊腰子、羊骨髓、羊排骨、羊耳朵……一张四方桌，一箱啤酒，一个铁盘子，风卷残云间，把一只温良的羊消灭掉。

我吃烤串不多，对烤串的研究不够真实，只能凭空想象作为一位铁杆串迷的心思——相对于车子、房子以及工作所带来的种种压力，或许只有一把烤串能掩饰心中的疑惑，或许只有饮下杯中酒才能找到活着的感觉。

我非素食主义的拥趸者，但多年的乡村生活已使口腹之欲大大消减。相比，我更喜欢泥土里生长出来的菜蔬，青灵灵的叶子上还有朝露的光芒，由一位熟悉的乡亲运到街市上，菜根上的泥土也是新鲜的，就像乡邻质朴的面孔。他们（它们）不善于表达，以乡土本身的价值呈现在世人面前。

或许，黄金时代的烤肉已经不复存在，挂羊头卖狗肉者屡见不鲜，鸭肉或者猪肉，添加羊肉香精，几乎成为行业潜规则。

我还是想起了旧年的老河滩，一个蓬头垢面的少年风一样奔跑，树枝上的衣服晾干，在吃下几条短命的小鱼后躺在草地上。风过耳，是一缕记忆的香。

煎饼在雪中飘

此时，月亮升起，像一张刚从鏊子上取下来的煎饼。我喜欢这样的意象，玉盘、玉兔，太过空洞，哪有一张村庄里的煎饼来得实在与热切。煎饼入口，是一种咀嚼时间的味道，初而硬，就像一个懵懂的乡下孩子处处碰壁，这才知道人世艰难；继而软，清脆的菜蔬与谷物融合在一起，是日常的最佳拍档，是爱，是暖，是涉过千山万水而懂得真情常在。

煎饼是一个符号，但凡咀嚼过煎饼的人骨子里就添了几分豪情，这是北地的风物，是泱泱齐鲁之地的招牌。而我看时，一张煎饼像是一张人间地图，中间是小小的村落，辐射开来，是南，是北，是东，是西，是一个人从故乡出发，辗转奔波在远行的路上。这时与月亮映照，天上圆，地上圆，盈亏之间，一生不能舍弃的仍是那个圆点——小小的村落。

那么一摞煎饼就是一部记录翔实的村庄志了，我需要从头打开，从扉页里的那张鏊子说起。

鏊子，从漫长的时光中醒来，天地混沌，万物初开，沉睡了千年，又寂寞了千年，睁开一双深邃之眼。所以，当你看到一张鏊子的时候千万不要惊奇，世间的炊具皆有凹凸，虽形制大体相似，而功用不尽相同。鏊子是炊具中的叛逆者，一翻脸略微鼓起的肚腹向上，有石鏊、陶鏊、青铜鏊，一直到铁鏊，绵延到我们的村庄。

有一年我去临沂，在蒙山腹地有一面巨大的石鏊，三条腿，如同一只张望海天的大鳌。石面平整，如果有足够长的手臂，足够大的工具，在石鏊下燃起熊熊烈火，一定能做出一张足够大的煎饼，可以申请吉尼斯世界纪录。李白有诗："巨鳌未斩海水动，鱼龙奔走安得宁。"怕就是说的此物，以喻造物神奇。

但九爷说的比李白还神奇。九爷说，鏊子啊，其实是诸葛亮发明的。咳，话说天下大势，分久必合，合久必分。这一天诸葛亮被曹操围追堵截来到沂河边，派将士数了数人马，损失过半，尤其一帮火头军在冲杀中死的死伤的伤，更不用说锅灶了，早在厮杀中被丢弃在哪片荒野。找到是不可能的，随处都是曹兵设下的埋伏，看看锣鼓兵还在，手拎一面落寞的铜锣，诸葛亮计上心来。老九爷说到这时卖了一个关子，说累得腰疼背疼，明天继续。我方才明白，赶紧给九爷捶背。诸葛亮命令火头军找几块石头，架起一面铜锣，在下面烧火，把和好的玉米糊糊一浇一刮，揭下来就是一张最初的煎饼。

窗前的明月不变，村庄里的煎饼常新，煎饼所记下的村庄史，也是村庄的发展史。不得不说到旧年了，旧年像一只扑朔迷离的飞蛾在光影中舞动，让你无法忽视那些贫寒的光景。

老祖母说这话的时候已经老了，老了的老祖母擦了擦眼睛说起了有关煎饼的往事，但凡可食之物皆可入煎饼（这多像一篇散文的写法，但凡人间事物皆可作成散文，不用去想什么形，也不用去想什么神，事物的本身就具备了其形象与灵魂，你要做到的，只是沿着事物生成的线索和发展的脉络，以记忆为准绳，便可落笔成文）。

粮食吃光了，就连地上的野草也如蝗虫飞过，只剩下残肢断茎。榆树皮是新鲜的，茅根草是新鲜的，而眼下要做的只需把它们揞捣成糊，摊开在一面仅存的鏊子上。鏊子烧热，炉火通红，映照出失去筋骨的光阴。

我尚未经历过如此窘迫的日子，不知道村庄是如何在风雪苦寒中熬了过来。小时，村庄里有的是地瓜玉米，作为细粮的麦子虽然少了些，但尚能支撑起日常。地瓜、玉米、高粱、小麦、荞麦、大米、小米，只要是人间谷物都能充当煎饼的原料。煎饼的口味也因此而不同。高粱玉米的糙，食之坚硬异常，须牙口较好者食用，老人忌之；地瓜的甜，把晒干的地瓜磨成粉状，勾兑成糊，颜色青黑，一如农人的面孔；小麦、米类的属于煎饼中的高档品，嚼来软糯，配之新鲜大葱，可得田野之味，品咂中清风徐来，村庄改换了容颜。

这只是煎饼的不同形式，它存在于桑间濮上，养育了村庄。食用煎饼，内容大于形式。在外乡人的眼中，吃煎饼是一件不太容易的事情，鼓着腮帮子咬下，咬牙切齿，其状不亚于受尽人间苦难，却不得煎饼真味。

而真相是“煎饼卷葱蘸大酱，撑得肚圆不上炕”，“大葱蘸酱，越吃越胖”，想想就让人齿颊生津。劳作的间隙，风从麦垄上吹来，紫色的梧桐花就开了，菜园子里的葱青郁着，放下锄头，随手拔下两棵，取一张薄薄的煎饼卷上，咔嚓一口，胃就暖了，血液加足了马力，骨骼增加了硬度，甩开膀子就是长长的一生。

葱是标配，酱是底色，而更多的菜蔬展示出煎饼的博大情怀。时间已不是当年，卷上一根大葱、咸菜条也能充饥；如今的煎饼成了餐桌上的常客，可卷肉，可卷海鲜，大快朵颐间，食客们对煎饼也有了更深一层的了解。其实早在《随园食单》中，煎饼已经有了上佳表现：“山东孔藩台家制薄饼，薄如蝉翼，大若茶盘，柔嫩绝伦”，“吃孔方伯薄饼，而天下之薄饼可废”。挑剔如袁枚者，原为江南钱塘人，不曾想也为一张薄薄的煎饼所折服。

这还不算，铁杆的煎饼拥趸要算那位“写鬼写妖高人一筹，刺贪刺虐入骨三分”的蒲松龄。蒲老头可爱，一生清贫柳下听古，一盏茶换你一段人间传奇，而后为齐鲁之地写下最早的美食广告《煎饼赋》：“煎饼之制，何代斯兴？溲合料豆，磨如胶饧。扒须两歧之势，鏊为鼎足之形，掬瓦盆之一勺，经火烙而滂澎，乃随手而左旋，如磨上之蚁行，黄白忽变，斯须而成。”几句话道出煎饼的形制。没有什么可以替代煎饼，把放酸的料豆混合在一起磨成糊糊，一鏊，一勺，一火，一手，一旋，须臾间“圆如望月，大如铜钲，薄似剡溪之纸，色似黄鹤之翎”。这是对煎饼最大的褒奖，以一管通灵之笔将煎饼赋予了灵魂。以至于很多时候，我想是不是那些可爱痴情的花妖树精在面对一位坐于青灯之下手执黄卷的书生时，也动了做煎饼之心，从书页里或者墙上画中款款而下，点火弄灶，让爱情成为素朴的日常。

煎饼有灵，当我做好充分的准备想要写下这一篇文字的时候，不得不被一些俗物所打扰。我知道，只要日子在继续，便会有波折在继续，无论是情绪上的、身体上的，还是节气上的，都会积聚在一起。而月圆会准时到来，在我落笔的那一刻遥挂在云天之外。月色静默，村庄静默，在这巨大的静默中，一张张煎饼波诡云谲，出现在我的记忆之中。

外祖母从这静默中披衣而起。月光瑟缩着，它所看见的真相就是村落里的人们一贫如洗。好在，还有那么一点点粮食，好在昨日收到从关外寄来的书信，外祖父言简意赅——让孩子来吧，随着村里人，也好有个照应。

这一天村庄动用了库存，为了男人，为了孩子，也为了将来的日子，村庄里的女人们要做一次与煎饼有关的博弈。鏊子是现成的，有人在烧火，蓝色围巾在风中飘动；有人在搅磨面糊，地瓜、玉米、麦子，混合在一起，眼神动情而略显哀伤；有人在摊饼，将一只竹制的刮板顺势一刮，煎饼摊开，像是对命运敞开了胸怀；有人接着用双手把团成球状的面团放在鏊子上，继续下一次摊开。

这是一次有预谋的行动，是几十年前的那个初冬，村庄里的男人准备闯关东的前期工作。我舅就是那一年走的，十七岁，跟村庄里的很多男人一样身背一包活命的煎饼，深一脚浅一脚，走向那个更加寒冷的地方。

多年之后，我去过那里，窗外雪在下。燕山雪花大如席，是不是我舅当年离家的路上雪花也如一张张煎饼在天上飘？那里是哪里？从一座村庄到另一座村庄，是多少煎饼周长的距离？我找不到答案，只是在我舅的坟前放下一卷如旧年册页的煎饼。

煎饼在雪中飘，是否每一个远行的人在月圆的当口，都会想起那座遥远的村庄？

馓子的隐喻

村庄的清晨醒得早，这早里包含着村庄一直以来的精气神，一声长长的鸡鸣是必要的，划开亘古的夜色，敲落满天星辰。接着是一声稍显倦怠的狗叫，守了一夜班，在月光下追着一个可疑的身影走了很远，这才放下心来，钻狗洞，进狗窝，在一层浅浅的睡眠中守护着村庄。

接踵而至的还有人声，母亲披衣而起的声音，窸窸窣窣，惊醒了身边的孩娃，眯着眼睛到院子里撒了一泡尿，接着入睡。小贩的吆喝声也来了，沿着薄薄的残留的夜色——“打豆腐来，刚出锅的热豆腐”，声音里还滴着露水。卖馓子的小贩把声音调高了几十个分贝，近似在喇叭里响起的花腔女高音，“称——馓子——哩”，“称”

字几乎省略，“馓子”俩字飘上云端，一个“哩”字飘荡成很多个哩，在村子里绵延回响，直至天光大亮。

我对馓子的记忆颇深。馓子跟油价，这是母亲说的。一斤油够一家人吃上一个月，一斤馓子呢，一眨眼的工夫就可以报销。母亲不大买馓子，村里人也很少有人买，只是哪家有老人病了，或者清明十月一，这才循着飘荡的花腔出来，喊住卖馓子的小贩，称上那么一斤半斤。

馓子充数，论重量，一只木箱里装不了多少。卖馓子的李大脑袋一边摇晃着大脑袋，一边小心翼翼打开木箱，木箱油渍渍，掀开跑出一股不好形容的香味儿，像啥呢——像婴孩浑身散发的奶香味儿，像过年时炖大肉飘溢出来的肉香味儿，其实呢，就是一股馓子香，忽而薄，忽而厚，忽而淡，忽而浓，就这样飘进童年，可以记忆一生。

我现在所居住生活的地方，是一个古老的街镇，很多年了，街道的分布图几乎不曾改变，改变的是临街的房子。早年气喘吁吁骑着二八自行车去买作文书的新华书店还在，只是外墙被粉刷了一层黄。排着队或者爬厕所高墙才能进去的电影院被扒了，盖上了一排商品房，据说价格卖得不错。当年一逢集摩肩接踵的供销社大院还在，空荡荡的房屋院落生满荒草，偶尔跑过一条黄鼠狼，惊飞正在草间觅食的一群麻雀。临近供销社大院的大水坑，我曾经做过一百次想象，是不是与历史上的一位名人有关。

这里是孝子故里，也就是所谓的孝悌之乡。孙寺是一个古老的乡镇，具有悠久的历史文化。据清道光庚寅《成武县志》记载，明崇祯九年，即1636年，为纪念东汉经学家孝子孙期，于此建孙孝祠。孙期弃官孝母，世代被人传颂，清末以来，该孝祠渐盛，并演变为“孙孝寺”，进而简称为“孙寺”。如今孙寺仍有孝子庙、孝子街等历史古迹。还有另外一种说法，早年的孝子庙烟火旺盛，但凡有人逢年过节去上香，可保子孙孝敬，瓜瓞绵延，香火得以承继。只是后来在“文化大革命”的时候，孙孝祠被一把火烧光了。

我不知道归天多年的孙期会作何感想，在云端看着愈来愈远的故乡，一幅幅往日景象胶片般掠过脑海。泽是久远的大泽，大雁北归，池塘边的柳枝低垂，一只狗是忠诚相伴的朋友，在看见猪羊想要钻进庄稼地时，快如电光，将它们低声唤回。“孙期字仲彧，济阴成武人也。少为诸生，勤习典籍。家贫，事母至孝，牧豕于大泽中，以奉养焉。”他手中所捧的是一册典籍，在传统中寻找生命的要义；身边所牧的是生动的乡间时光，这一生，无非箪食瓢饮，便可度过寒凉。家贫而孝，这没什么不好，至少能以一己之力跪乳反哺，便也活得坦坦荡荡。“远人从其学者，皆执经垄畔以追之。”这是一幅古代的求学图，人与人之间不以财物的多寡划分阶层，人有所学，学有所思，成就了一副谦谦君子的模样。

我在跳跃中寻找，企图从日渐模糊的农耕图谱中寻找到消弭的村庄古风。卖馓子的小贩骑上自行车远去，飘荡的花腔回旋在村庄上空。此时，早起的母亲已经把院子收拾妥当，做好的饭食摆放在餐桌上，睡了一个回笼觉的孩娃自己穿上衣服，擦了擦鼻子，拿起馒头就着咸菜吃。那眼光也斜着，看见母亲手中的馓子发出更加晶亮的光，而后黯淡下去。即使是孩子也知道，这是老年人才能享受的吃食。

一位母亲走在返归娘家的途中，这画面想想就让人觉得温馨。每一个人都是爹娘的孩子，无论多大年纪，只要爹娘在，家就在。抛却繁重的生活，在返归的光影中她恍若回到了年少时光。可以像男孩子一样上树捉鸟，可以在日落黄昏后沿着月光羞怯地与意中人约会，可以在出嫁时哭得花容失色，这一去不是山高路远却也岁月悠长。

这时的馓子是满满的孝意，卖馓子的小贩用报纸层层包裹，随后系上一根牛皮绳以便携带。

初中时，我在同学起子家见过制作馓子的过程。一进院，起子介绍那个矮个子的男人就是他的父亲，我差点叫出声来。起子知道我想起了什么，说没事，大家都那么叫，也便释然了许多。

很多年了，街镇上的很多人家都会制作馓子，兴盛时有四十多户人家，老人孩子，每天早起晚睡，把炸好的馓子码放整齐。卖馓子当然是男人的事情，听着鸡鸣上路，走村串巷，一天行程几十里。街镇上的馓子起源于不远的单县，单县多回民，在每年的古尔邦节、开斋节以及婚丧大事中都把馓子作为待客的主要面点。只不过与汉族的制作方法不同，回民制作的馓子一般为多层圆柱形，而街镇上的馓子多为瓦片状。把用盐水和好的面捋成细条盘于盆内，逐层加油以防粘连。油温刚刚好时，用苇子秆将馓子坯取下，慢慢抻长，放入油锅内，稍炸，将苇子秆抽出按压中间，使之成瓦片状，待色泽金黄时捞出。

馋嘴的孩娃一般不需等待太久，村庄里哪个老人的床头不放着几把用报纸包裹的馓子呢。跟随母亲去六奶家串门，六奶转身取出几把馓子说，孩儿，吃吧，这是你大姑今晌儿带来的，还酥着。馓子入口即化，这也恰巧符合老人们经风历霜的胃口。在那时，馓子作为一种孝心在村庄里流传，在清贫的时光中浮出水面，像一叶轻舟，载着不尽的亲情前行。

人入史册，必因其风骨而起，或仗义疏财，或精忠报国，或因其良善悲悯，而在大泽里放猪的孙期呢，“里落化其仁让”。附近的村落都被他的仁爱谦让所感化，形成了一种人皆信奉的民间精神。就连当时蜂起的黄巾军也相互商定，无论如何不能侵犯孙先生的家。郡太守举荐其做官，派遣小官送来酒肉，我们的孙先生却依旧手捧一卷册页赶着猪头也不回地进入草丛。司徒黄琬知道他的学问很高，也来相邀，先生仍不为所动，“不行，终于家”。

这一幕记载在《二十六史》中，以叹惋收笔却也落笔从容。人世浩荡，能持守一种清简的情怀也可以算作善始善终。

我在追寻往事的蛛丝马迹，误打误撞将一种云淡风轻的乡间食物作为引子，企图打捞即将消失的传统或古风。这或许有些牵强，但在食物的背面总会有一些线条若隐若现，那里是我生长多年的村庄，村庄在，家就在。你知道的，回味往日情景，舌尖上是一缕故乡的味道。

点心记：黑暗中的甜

老屋寂静，坐落在时间的中央，等我造访。门锁着，锁与不锁没有什么区别，我丢下书包，只稍稍用力，就把旧年的那把锁打开。这是我进入老屋的最好方式，就如现在，当我坐在屏幕前，就出现了童年清晰的一幕。

暮色透过木格窗棂，轻轻的脚步声惊醒一只正在觅食的家鼠。有时我想，我的童年是不是也像一只蹑手蹑脚的老鼠，出现在时光的某个角落，我要寻觅这人间的暖，也需要一些粮食来充填饥饿的肚腹。木箱放在老屋的一角，开始用来盛放母亲的妆奁或衣物，后来用来放置姐姐们的衣服和一些家织土布。之所以叫土布，无非是勾勒一些井状或者河流波纹的图案，借以表达我们朴素的信仰，地瓜花、石榴花或者芝麻花，寓意瓜瓞延绵，人丁兴旺。

我能想到的甜，就是在黑暗中抿住舌尖，像火焰上的一粒糖，像齿颊间吹过一场浩荡的春风，哦——或者像没有痛苦地死去，浮在时间的水面上，渐行渐远，一直向繁花似锦的时间深处漂流。

村庄里的点心，一是作为走亲访友的礼物，骑一辆破旧的自行车，叮当作响，车把上挂着一个人造革皮包或者一只土篮，里面无非是几只冷硬的馒头，还有几封快要颠碎了的点心。一是用来祭拜天地或先祖，燃一炷香，三拜九叩，祈求这一年风调雨顺，和睦平安。正月十五一过，这才轮到了我们。一层一层打开，口水就要溢出嗓子眼。

我怀疑母亲极度吝啬，把点心隐藏在木箱的某个角落。我费力地踩着一只板凳，摇晃中那只家鼠仿佛也绷紧了神经。它已经钻进洞穴，黑豆一样的小眼睛打量着我这个莫名其妙的小活物。木箱上面是堆放的棉被，我需要涨红脸庞用肩膀抵住，才能将一只近乎偷窃的手臂伸进去。指尖在触摸，昨天抠开的小洞能明确探知出来了。

我只需要一块小小的点心，只要一小块就能满足我对甜的欲望。暮色渐浓，我用牙齿轻咬这黑暗中的甜，用以度过艰涩与孤独的童年。

点心一词的来历充满正能量。相传东晋时期的一位将军，心疼将士们浴血沙场，一道军令，命火头军烘制士兵们家乡的糕点，河南的，山东的，江西的，但凡能说出名来就要使出浑身解数。“五更鼓角声悲壮，三峡星河影动摇。”在这茫茫的征途上，除却金戈铁马竟然还有一缕故乡的味道，莫思乡，思乡人断肠。这是马革裹尸战场中的点点心意，说起来让人悲伤。

我们村的点心，大多是从不远处的葛庙集上购买的。有大青果，造型粗砺，一身裹满白砂糖，质轻，一咬一口空气。有白橘饼，形似柿饼，挂的是糖不是霜。有蜜饯，长成水饺的模样，咬来一口蜜意，似乎甜得有点离谱。我最喜爱的还是蜜三刀，分为大三刀和小三刀，叫蜜三刀肯定涂了蜜，甜而不腻，酥而不烂。

村人习惯称蜜三刀为三刀子，听起来像是面前站着一个脸上有刀疤的莽汉。实则不然，据传蜜三刀最早产于距离我们村三百里的徐州。话说北宋年间，老饕苏东坡在徐州任职，和云龙山上的隐士张山人过从甚密。一日，苏大爷和张山人在放鹤亭上饮酒赋诗，苏大爷兴之所至，显摆起刚到手的一把宝刀，在饮鹤泉的青石井栏上连砍三刀，留下三道深深的刀痕，而宝刀无恙。恰在这时，侍从送来茶食糕点，看起来诱人可口。有人起哄，说苏大爷才高八斗给点心起个名吧，于是才有了蜜三刀之称。

这多少有些牵强附会，无非是借名士之名免费为自家生意做广告。

我理解这样的初心，却不能理解母亲为什么把仅有的两包点心隐藏在木箱的角落。多年来我有过很多次揣测，是为了留作走亲戚的礼物，还是留给身陷病痛的父亲？乡间的日子瘠薄，我们很多年似乎都在刀刃上行走，一个穷字，几乎涵盖了我的童年记忆。但你不能劝慰肚腹间生长出来的另一只手，它在试探。第一次，母亲竟然没有发觉，我把木箱里的衣物、土布规整如初，把木箱上面叠压的被子整好，一转身消失在黑暗的夜色中。第二次，母亲仍然没有发觉，我轻车熟路找到同样的地方，从鼠洞大小的小口里摸出一块蜜三刀，让舌尖再一次刮起春天的风。第三次，第四次……两包点心多少有点让我在一瞬间惶惑。好像那是一个甜蜜的洞口，源源不断的甜在黑暗中流溢，一丝丝，一缕缕，成了上天赐予的点点心意，以满足我贫瘠的童年。

点心，正餐之外的甜蜜补充。翻开《红楼梦》，碧粳粥、山药糕、豆腐皮的包子、糖蒸酥酪、桂花糖蒸栗粉糕、菱粉糕、鸡油卷儿、螃蟹馅小饺儿、松穰鹅油卷，林林总总，把一座大观园经营成了一座人间点心铺子，怪不得莺声燕语，甜甜糯糯，最终却也落得“陋室空堂，当年笏满床；衰草枯杨，曾为歌舞场；蛛丝儿结满雕梁，绿纱今又糊在蓬窗上”。

如此说来，葛庙集上的烧饼、肉盒子也算点心。每逢赶集，我会像看家狗一样等在母亲归来的路上。路旁沟渠里的野花在开，田野里的麦子疯长，奔忙的蜜蜂蝴蝶在酝酿一场又一场花事。我伏在青草丛中，眼看着一位位过客，直到看见母亲的身影。你知道的，只有母亲不会让你失望，打开人造皮革的提包，烧饼、肉盒，不多不少正好两个，可以捱到下一次集市。

由此可见，点心不但入史，也可承载文学。唐传奇《板桥三娘子》有记：“有顷，鸡鸣，诸客欲发，三娘子先起点灯，置新作烧饼于食床上，与诸客点心。”这里的点心暗含阴谋，作为一种诡谲的道具出现，让人心惊。

故事说汴州西有一家板桥店，老板是一位叫三娘子的寡妇。徐州客人赵季和有一日路过此处，顺便歇歇脚。三娘子待客甚厚，夜深时喊来诸客饮酒。多亏赵季和长了一个心眼，才发现惊天秘密。

“至二更许，诸客醉倦，各就寝。三娘子归室，闭关息烛。人皆熟睡，独季和转展不寐。隔壁闻三娘子悉窣，若动物之声。偶于隙中窥之，即见三娘子向覆器下，取烛挑明之，后于巾厢中，取一副耒耜，并一木牛，一木偶人，各大六七寸，置于灶前，含水噀之。二物便行走，小人则牵牛驾耒耜，遂耕床前一席地，来去数出。又于厢中，取出一裹荞麦子，受于小人种之。”

凭空幻变，灶前耕田，且须臾春秋，收获了谷物磨成面，制成有巫蛊之力的烧饼。吃了烧饼的客人“忽一时踣地，作驴鸣，须臾皆变驴矣。三娘子尽驱入店后，而尽没其货财”。赵季和惊出一身冷汗。

再次投宿，赵季和带了和三娘子一模一样的烧饼，趁三娘子出门的间隙置换。“才入口，三娘子据地作驴声，即立变为驴，甚壮健。”以其人之道还治其人之身，过路客赵季和收获了一头健驴，游走在风雨路上。这是典型的因果之报，借一张烧饼寄托了民间伦理：若起歹意，天必惩戒。

我已经忘记我偷食点心的伎俩被母亲发现时的场景，无非是抠索着手指站在黑暗中羞红了脸。母亲卧床的那一年，我问，为什么把点心藏在木箱里？母亲说，你看咱家的羊，好好的草放在地上不吃，你给系在高处，它想办法也会吃到。

我默言，在无边的沉默中舌尖泛起一缕清澈的甜，亦有隐隐的酸楚。

豆饭以及排序小考

离子草这个名字听起来让人伤心，娘要离去，孩子在一旁不知所措，在漫长的时间洪流里，母与子何时能再相逢？如此叫法，大概因为离子草成熟时小小的豆荚爆裂，草籽撒落四方，是祝愿也是成长必经的疼痛。

还是叫水萝卜棵好，“水萝卜棵，喝豆沫。客来了，盖上锅；客走了，使劲喝”。似乎有点吝啬，烧了一锅豆沫，不舍得招待客人。实则不然，客人来了，好歹要讲究点礼仪，不能人家在一旁说话，你在一边吸吸溜溜；从另外一层意思讲，就是既然不能好好招待，干脆来个闷缸子，不留亦不让，等客人主动辞去。会发生这样的情况，只因对方大多是驴尾巴吊棒槌的亲戚，有点冷场。

在古代，饭、菜的食用已有一定的礼仪，王公贵族讲究“牛宜稌，羊宜黍，豕宜稷，犬宜粱，雁宜麦，鱼宜菰”。但“民之所食，大抵豆饭藿羹”，贫民的日常饭食则以豆饭藿羹为主，菜肴仅仅二十余种。相比之下，“凡王之馈，食用六百，膳用六牲，饮用六清，羞用百有二十品，珍用八物，酱用百有二十瓮”，富人的饮食极其奢华，有的老百姓连听也没听说过。

这是阶级对抗的伏笔，不说也罢。

说到此时，我忍不住想要描述一下当年的豆沫。水萝卜棵，青泠泠，黄豆与小米，母亲在头天晚上泡好，第二天一大早就放在石臼舂捣。在沸水中放一把海带丝，青盐少许。面筋与淀粉分离，前者先入为主，后者随后到场，入捣碎的黄豆小米，香油拌葱花与水萝卜棵一起下锅。面筋白，水萝卜棵青，葱花香，豆沫馥郁，海带丝筋道，嗯，也难怪民谣里透着那么一点点狡黠，一丝丝小气。

总这样是不好的，比如家里来了实打实的亲戚，母亲会亲自下厨，没好有孬，母亲常愧疚地这么说。我呢，好像打小就长了一根吃筋，玉米面饼子不想吃，高粱米碴子嫌拉喉咙，地瓜噎得慌，南瓜有一种说不清道不明的泔水味，被惹恼了的母亲一扬手中的炊帚，有亲戚，没眼力见，滚一边去。我就努着嘴滚一边去了，老河滩上的阳光白白的，小河里的水波白白的，可我的小脑壳里一片阴暗。暗自恼恨哪儿来的亲戚，明明是自家饭食却不能先吃。

记忆中，十二岁之前我从没有上桌的权利，只能在客人走了之后灰溜溜地从老河滩滚回来。说残羹剩饭有点夸张，母亲还是给我在锅里留下了饭食。葱花炒鸡蛋，红烧肉片，一阵风卷残云，像是要把这辈子的吃食都塞进肚皮。后来十四五岁，三哥好客，家里不是来同学就是当年的战友，吃饭时就会喊我，也是故意的，坐要坐在下首，负责端茶斟酒，兼跑堂。想来，他是要锻炼我最初的乡村礼仪。

不过现在想，我这个人，根本没有开化，大概属石头的。脑子里就剩下那些吃的东西，最起码的礼仪尚可，尊者为上，老者为上，至于其他，一旦开吃，先把肚皮填饱再说。

中国的礼仪有些繁琐，尤其北方，吃顿饭像打哑谜。《北平指南》中讲道："宴请官长，或初交、团体，须于大饭馆以整桌之席访之。若知己朋友，则可不拘。届时，主人必先至以迎客，客至奉茶敬烟，陪座周旋。客齐入席，次序以左为上，右为次，上座之右为三座，次座之右为四座，以下类推。主人与首座相对，举杯通饮，客人起立举杯致谢。然后就座，且餐且饮。菜肴先上冷荤，后上热菜，继以最贵肴馔。每进一肴，主人必举杯劝酒、举箸劝食。饭毕略用茶，即向主人致谢而去。"只是听听就让人脑袋大，以至于到了现在，我还是从心理上拒绝所谓正规的饭局。不自在，如芒在背。

旧年的乡村，黑白影像般匆匆掠过眼前，每逢春节，正是人来客往的时候。狗牙叔善饮，说是看老舅回来时已近黄昏，自行车在雪地里画圈儿，狗牙叔眯着眼骑，眼看拐进路旁的水沟里，刺溜又拐了回来。提篮里的馒头一路走一路掉，引来好几条野狗在后面紧紧跟着，车慢狗停，人走狗行，终于在临近村庄时一头扎进桥头下面。这是当年常见的景象，一年到头过够了清汤寡水的日子，一旦坐在饭桌前就刹不住口，留不住嘴。喝吧，老舅，一年到头也少来看你，看你身子骨硬朗当外甥的也就放心了。喝，小儿，老舅也高兴哇，你表妹也出嫁了，你表哥也娶上了媳妇，眼看着来年就能翻盖这座老房屋，到时候你们一家人来了也能住上几天。

这时的酒就是情感的火焰，模糊了主宾的概念与礼节的繁琐。这时的乡村弥漫在一股浓浓的酒香里。一年三百六十五天，哭着笑着一家人平平安安。年糕寓意步步登高，大红对联象征红红火火。“但令有米送官仓，豆饭藜羹甘似蜜。”我们不光养活了自己，也养活了土地之外的人们。

最热闹的当属新姑爷上门，突突冒着黑烟的拖拉机停在丈母娘家门口，这时村子里的妇女小孩循着声音赶来。孩子们是图希抢到雪片般撒落的糖果，笑着闹着，一边咂嘴一边用袖筒擦一下鼻涕。妇女们则是为了看新姑爷的风仪，看这个愣头愣脑的傻小子出什么洋相。新姑爷上场，新制的西服，红红的领带，脚脖子一个劲儿地拧，是一双新皮鞋有点夹脚。红着脸，大婶子、二大娘地叫着，端茶递烟，一不小心被谁在脸上抹了一把锅灰，羞得再也不肯抬头。

吃饭时间新女婿要坐“高横头”的板凳，这一天新姑爷为大，总要喝出来个一二三四五来。但以后的日子有点不太美妙，从“高横头”到角落里仅仅一日好光景。

至于用饭的过程，另有一套繁文缛节：“共食不饱，共饭不泽手。毋抟饭，毋放饭，毋流歠，毋咤食，毋啮骨，毋反鱼肉，毋投与狗骨。毋固获，毋扬饭。饭黍毋以箸。毋嚃羹，毋絮羹，毋刺齿，毋歠醢。”一路“毋”下来实在让人头疼，不过明眼人一看就知道有些是做人的基本礼仪。

“礼失而求诸野。”夫子在通往诸侯各国的路上也禁不住发出一声感慨。看来，乡村的秩序由来已久，但凡后来的种种礼节与礼制，莫不与乡村息息相关。只是承继者不知去了哪里，一时间让村庄陷入了虚空与荒芜。

乡村礼簿

依稀记得大姐出嫁那天是在秋天，我一个人恍如落叶般飘到村后干涸的池塘里。那里有我的牵挂——我家的一条老黑狗，不知什么原因，后半截肢体瘫坐在地上。落叶在飘，我拿了冷硬的窝头递到它嘴边，它只是睁了睁浑浊的双眼，再次低下头来。

几日了，有人送来一双红色袜子，有人送来一方手帕，我不懂。大姐从坡上下来喊我，我才回头看。大姐穿了一件红色上衣，挎了一个红包袱，远远喊我过去，剥开一粒糖，塞进我嘴里。然后，以手掩面哭出声来。我呆望着，有个人倒骑着驴将大姐载走。我这才知道大姐出嫁了。

那时生活简单，再简单的生活也要保持乡村基本的礼仪。谁家娶媳妇嫁闺女，翻盖新房生孩子，这是喜庆的事情，相好的邻居就会上门随礼，也叫随喜。随喜也是佛教用语，指见人做善事而乐意参加，随着众人加入集体送礼的行列。即“若见、若闻、若觉、若知他所作福，皆随而欢喜。”

既然随而欢喜也就要有个欢喜的样子。宝山叔结婚，母亲从集市上买了一床被单，说是还礼。随喜者即是座上宾，可以参与到热闹的婚礼上来，给新娘子脸上抹锅灰，推搡戏谑跨火盆，寓意红红火火。使坏者也有，趁主人家不注意，从床底下偷偷拿出尿盆揣在怀里，找一个没人的角落，把尿盆钻了一个小孔。宝山婶睡醒，趁着家人还没起床去倒尿盆，空空如也，只闻到满屋子尿臊气。这笑话被村子里传了几十年，一说一笑，记忆里荡漾着满满的欢喜。

光景惨淡，居家不易，最不易的当属母亲。父亲瘫了半个身体，留下另外一半在村庄里飘荡。这人情来往就得母亲管着。我见过母亲的鞋样本子，厚厚几十页，是一家人各个年龄段脚板的大小：父亲的42码，母亲的39码，大哥的43码，二哥的41码，三哥的40码。我的最多，一溜儿排开，从二十几码到三十几码，处在增长过程当中。

最后两页有点费解，母亲用铅笔涂满各种图案。一双袜子，一条头巾，几个鸡蛋，两包红糖，只取其象征意义。但凡村里谁家有什么事情，母亲就翻开来看，送头巾的还人家一条被单，送袜子的还人一条头巾，送鸡蛋的再添上几个鸡蛋。

这是母亲的乡村礼簿，一笔一画间，勾勒出一幅生动的乡村礼仪图谱。并且母亲说，这是要传家的，穷帮穷富帮富，人要知恩图报。

有关礼的释义，在《礼记·礼运》中有详细描述。言偃复问曰："如此乎礼之急也？"孔子曰："夫礼，先王以承天之道，以治人之情。故失之者死，得之者生。《诗》曰：'相鼠有体，人而无礼；人而无礼，胡不遄死？'是故夫礼，必本于天，殽于地，列于鬼神，达于丧祭、射御、冠昏、朝聘。"关于礼仪的重要性，孔子给予了详细解释。首先礼是先主用来遵循天的旨意的，治理人间万象。得礼者而生，失礼者而死。就连《诗经》上都说：你看老鼠还有个形体，做人怎么能无礼呢？如果做人无礼，还不如早点死掉。礼，源出于天，效法于地，参验于鬼神，贯彻于丧、祭、射、乡、冠、婚、朝、聘等各项仪式之中。

我此时大概能理解夫子的呼告，一个人站在旧日的旷野中仰天长啸。人在草木间，礼在万法运行之中。多日来辗转奔波于诸侯各国，却没有人理会他的创世之想，攻城略地的依然在攻城略地，弱肉强食的依旧在弱肉强食，奢靡者依旧在大兴土木，豪强者依旧在欺男霸女。这是一个无法无度的人间啊，什么时候才能幡然醒悟，人人懂得礼义廉耻？

如前所述，我母亲有着自己才能看懂的乡村礼簿，而我和父亲则是既得利益者。每逢有红白喜事，母亲翻开鞋样本子，说，去吧，快晌午头了。晌午头就是开席的时间。乡间十大碗，有鸡有鱼有肉，可以填补我们多日来清水般寡淡的肚肠。这时父亲不得不伸出手来，接过母亲手中的五块钱，领着我走过大街穿过小巷，到主家选一个位子坐下来。"居家不易是长安，俭约持躬稍自宽。最怕人情红白事，知单一到便为难。"这是杨静亭《都门杂咏》里的一首，确切记录了长安民间的随礼习俗。我们那时也一样啊，尽管如此勤俭也只能换取稍稍安闲，但礼尚往来是必要的，再捉襟见肘也不能在人前失了脸面。

时间在流逝，乡村也在慢慢悠悠晃动脚步。突然有一天，村庄里能操办红白事的执事老了，再没有人能提动毛笔，坐在贴着“礼房”的账房里主持相关事宜。

这事情自然而然落在我的肩上。礼簿在形式上与知单大体相仿，旧时集会、宴客不像现在这么方便，一个电话就能通知到。需要专门的当差，手执一张单子，上面明确写下事由、时间、地点、受邀者，然后由当差的一个个走单邀请。到了谁家门上，如果能按时赴约就在单子上写上“知”或“敬知”，并署上自己的大名。如果无法前往，则写一“谢”字。

尘土飞扬，我坐在李二奶家临时搭就的窝棚里。旁边是李二奶生前居住的房屋，屋顶被一场大火烧掉，三尺粗的房梁被烧得只剩下碗口粗细，摇摇欲坠。这是一场突如其来的劫难，白天下了春日里的最后一场雪，夜半时分，李二奶摸索着打开土炕的灶口，填进去一把干柴。那是白天离家多年的大女儿走之前，抱了一些干柴放在屋子里。没有人知道火势是如何冲天而起的，只是在医院的病床上听李二奶蠕动着嘴唇，虚弱地说，唉，那钱，我的钱，全都烧光了。九十一岁的李二奶住在这间孤零零的房子里，二儿子还常来看看，三儿子不孝尽人皆知，女儿和小儿子常年在外，难得回来一次。

乡村礼簿，说白了就是顺手记录下来宾所带的礼物，换到丧事上，可能就是几张黄表纸，用针线一缝，做成本子的样子。来客纷纷，唢呐声抑扬顿挫，迎来一家又一家客人。负责接丧的，把烟酒、帐子、鞭炮、供菜，一一分开。负责孝服的，引领宾客到老河滩上按照男女人数领取孝衣、孝带——这是重要的环节，不仅仅是因为来宾的重要性，而且还有一些魔幻色彩。村庄里的老人常说把孝带缝在鞋子里，走夜路时就不会害怕，缝制在被子里就不会做噩梦。

我在黄表纸做成的礼簿上郑重写下“礼簿”二字，仍按旧俗，从后往前，从上到下，从右至左，一笔一笔记录下来宾的村庄、姓名、所带的一应物品。最重要的，是写下收到的钱数。大成哥负责出纳，即丧事上的一切花销先从账房发出，用最后收到的总款项一减，便得出应交主家的总数目。

高潮出现在中午十点左右，这时的唢呐憋着劲吹上了云天。没有人知道，劫后的李二奶经受了多少疼痛，一个人在雪地里爬出来，又爬进去想要取回数额不多的贴身钱。也没有人知道，那身上的火焰何时熄灭，只是风刮着，雪飘着，虚弱的呼喊湮灭在风雪之中。儿子们到底没能商量好要把奄奄一息的老人放在谁家，最后才在焚毁的房屋旁边搭了两间窝棚，现在一间用于存放老人的灵柩，一间就是账房。人群来来往往，我需要厘清思绪，记下每一笔丧礼，然后发放吃饭的桌牌号。

一切在喧嚣中进行，一切在并不复杂的记录下显现。此时的礼簿已与飞升的灵魂无关，此时的礼簿是一本乡村之礼，在梳理，在记录，在呈现乡村的冷暖。

后来听说，做完丧事的当天夜里，三个儿子因为分摊不均大打出手。这多少让人有些诧异，那黄表纸裁就的礼簿不懂，风过尘世，有些礼数或许有些人永远不懂。

饕餮养成记

饕餮有时寄居在人体之中，伴随着人呱呱坠地，开始生长。有时是无形的，游荡在村庄之外，隐藏于万物之中。

生命的降生有其不确定性，此时白雪茫茫，冷硬的风吹过老河滩，传来一声婴儿的啼哭。那声音锋利，在风雪的幕布上划开一个缺口，让人看见了远年时光。那青年有一种忧郁的白，面孔，双手，包括不同于乡间的牙齿。那女子就粗糙了些，黑黑的面庞掩饰不住心中的喜悦，与青年相约在小树林旁边的一座麦秸垛背阴处。就要走了，青年扶了扶眼镜，鼻梁上因白而显出一道紫色的印痕。那女子听见，慌乱赶走了喜悦，只是脸上的红晕稍微褪去，一双同样略显粗糙的手紧握青年的白手，怕一松手天高地远。

生命开始，但此时我不想用到那个笔画繁琐的词汇，在血肉里，一种隐形的小小生物破茧成蝶。这是生命的双向选择，善与恶尚未分明，它会时不时飞出寄主，藏身在枝丫上，委身于泥淖中，有着孩童般清澈的双眼，新奇地打量这个陌生的世界。

牛二小时候的乖巧尽人皆知，那时他还叫牛蛋。老九爷说，牛蛋真听话，很多人围在老河滩上的那间茅屋里。皮肤白皙的青年走了，说是省城安排好了工作，父亲来信催了很多次，回到省城生活安定下来，就可以把女子接走。那时节，女人还不知怀了身孕，从清晨到黄昏站在官路口；直到有一天等到来信，拆开，读完，一屁股坐在泥地上，脸上流满哀痛的泪水。

饕餮的神秘，在于没有人曾经看见它怪异的模样，只是在一本叫《山海经》的书里出现过，长着两只巨大的羊角，眼睛生在腋下，是一种与身体不成比例的小，狡黠的目光让人很难捉摸。锋利如老虎一般的牙齿，证明其从来不会放过到手的猎物。人爪，人面，撕裂般的嘴唇透着贪婪与凶猛。我比对着，仿佛看见那个未曾命名的小活物，一闪身钻出木格窗棂，在瓦垄间跳跃，在月光下凝神，在树枝间穿梭，而后潜身所居之地，与村庄诞生的血肉一起生长。

有关饕餮的来历，人们大多根据传说或者参考实物上的图形而来。《吕氏春秋·先识》载："周鼎著饕餮，有首无身，食人未咽，害及其身，以言报更也。"更为形肖。古代钟鼎彝器上多刻饕餮头部形状作为装饰，一是因其神秘，二是因其与吃相关。在这里，我想大概还是作为一种警醒，"食人未咽，害及其身"。同样，延伸到现实层面，即是说人不可太过贪心，以免最后无法收场，反误了卿卿性命。

那女子痴了，肚子在一天天变大，有人看见她在老河滩上的小树林里一会儿笑，一会儿哭，一会儿唱莫名其妙的歌谣。饭食倒是有人管着，母亲时常把一块饼子、一碗饭放下，流着泪坐了很久，又哀叹着离开。

小时候的牛蛋聪明伶俐，有着奶白的脸蛋，灵巧的身手，他没见过自己的父亲，也没曾看见自己的母亲。母亲生产那天，接生婆甩着手上的血水，挤出人群，没法子了，俩只活了一个。就如接力般，牛蛋在很多个怀里吃奶，睁大眼睛望天。那乖让人心疼，那眼让人看了心颤，那一双小手抓呀舞呀，就学会了走路串门，每到谁家门口，叫一声爹，叫一声娘，就有吃的穿的住的。

礼器的来历有着很深的根源。古代在举行祭祀、宴飨、征伐及丧葬等礼仪活动中使用的器物，统统被称作礼器。进入商周以后，礼器成为“礼治”的象征，不但用以调节王权内部的秩序，还起到维护社会稳定的作用。一只饕餮的生成，无意间成为一种使命，没有律法的年代，人大多依靠自身的约束与克制在世间游走。

当然，这些尊贵的器物也曾经是炊具或实用器物中的一种。钟为时间，为倥偬而过的时光；鼎为炊爨，在烈火的炙烤下愈加坚固，在烹饪给神献祭的牺牲时具有了某种神性。而饕餮却在漫长的进化中逐渐消失了身影，以更为隐蔽的方式穴居在肉身的某处。

我在书写的过程中寻找，妄图从饮食的侧面发现一些本质的问题。无疑，人类从开始就注定了要为衣食奔波。20多万年之前的智人，以出奇的英勇和智慧打败了地球上的所有物种，从而得以延续。迁徙，无非是为了更好的生存；占领，无非是要拓展更大的地理空间，以满足族群的生活需求。我相信，那时便存在这样一种神秘的物种，以人体为依托，以日益膨胀的欲望为精神支撑——所谓未来，一定有着更为美好的生活。

时间在继续，在更迭的花开花落中，牛蛋长成了青年牛二。他有着羞怯的眼神，沉默的表情，在村庄里行走。老九爷每每说起，仍然是赞许的语调。脚力夫，是牛二生命中的第一个角色，从百里开外的商丘往家运输钢筋、粉条。长路漫漫，几百上千斤的物件放在板车上，老九爷带头，牛二拉偏绠。天热，身体里的水分在一点点流失，日光打在脸上，光着的脊梁上，勒出一道红红的血印。老九爷说，牛蛋，不成还去上学吧，熬苦力总也没个头。青年牛二似乎点了点头，他知道村里只有一个推荐名额。

切换。时光交错间你能看见那个眼神单纯的小小生物在扭曲、裂变，无声的低吼，压抑不住张开的胃囊。它在田野上穿行，在人群中逡巡，危险时，它会低伏在夜色的拐角，以消化因贪婪而难以吞咽下去的食物。芳嫂从噩梦中醒来，汗涔涔的样子讲述着那个骇人的梦境。那兽物紧跟在身后，没有脚步声，没有一丝动静，等你迟疑了一下，它便紧靠路边；等你继续行走，它又昂起头紧跟过来。

下着雨，县委门口拉起警戒线，一百余人或站或蹲，有残疾的妇人、领着幼童的老妪。他们的诉求看似简单，只要求将那个传说中的牛二释放出来，如此，才好向牛二要回他们的征地款，每日辛苦挣来的血汗钱。这其中就有芳嫂。芳嫂能干，几乎一个人撑起在县城一隅的小饭馆，饭馆靠近中学，以微利的方式存在多年，让芳嫂有了几十万的积蓄。那日牛二来时，从崭新的小车上下来，招呼芳嫂炒几个拿手的好菜，然后在临走时告诉芳嫂，有一个发财的门路。芳嫂也有过迟疑，在后来的打探中知道牛二已不是当年的牛二，好像在市里、县里开了几个公司，很多人家的款子都放在牛二那里，有合同，有手印，并且牛二吃过自家男人母亲的奶水——也算有兄弟之情。

牛二的发迹史几乎无人知晓，只知道那个白白净净的青年后来被村里推荐上了大学。过了两年，说是因为强奸被学校劝退，从此混迹于县城。

有关饕餮的文学表达，在现代艺术中几乎难觅踪影，最为贴近的应该是张艺谋的电影《长城》，宏大的场面，却难以掩饰情节的单薄，电子技术设计出来的怪兽看似凶猛，几无血肉。贪财为饕，贪食为餮，贪财贪食让饕餮六十年便会集结到人类的领地上觅食。当然，目的是人。

六十年一甲子，老九爷早已作古。老九爷对牛二视如己出，眼看着牛二降生在风雪的茅屋里，又眼看着那个苦命的女子埋葬在南岗子，没过几年，牛二的姥姥也因年迈去世，只剩下一个惹人怜的牛蛋满村晃悠。老九爷说，打那天起，他就把牛二当成了自家娃，上面有个老大，牛蛋成为了牛二。

那是我兄弟啊，你们把他放出来。站在前排的芳嫂喊着，身体却软绵绵不听使唤，瘫坐在地上。众人也喊，让牛二出来，要不谁还我们钱？冷清清，除了几个在县委门口晃动的保安，再没见人出来。

我是道听途说的，牛二这些年以集资的方式骗取了县城很多人的信任，刚开始还能及时付息，后来就玩起了躲猫猫，公司关门，厂房长满荒草。后来听说被公检法执行，部分财产被银行冻结。两个多亿呀——说者的面部表情极为夸张，然后消失在薄薄的暮色里。

芳嫂仍旧在破旧的小饭馆忙来忙去，轮椅上的男人打着手势，大概有些话想跟芳嫂说。芳嫂是牛大的妻子，牛大是老九爷的独子。有人在一座海滨小城看见过牛二，六十几岁的年纪除了头上有几根白发，一点也不显老，旁边是一个手牵哈士奇的年轻女子，一边款款蹲下抚摸小狗身上的毛，一边喊老牛，不成把房子换了吧，那边刚开发的环岛别墅宽敞，环境又好。

饕餮不死。饕餮一直在生长。

辣椒酱

辣椒酱和地瓜窝头是标配，一红，一黑，像火辣辣的北方汉子。

地瓜切成片，摆放在秋天的麦田里。麦子还没露头，地瓜干晒干了，像一片片白色的鸟羽。在村庄，地瓜是善变的物种，做成粉条是青墨色，在老河滩上排兵布阵；磨成面仍然是白色；做成窝头就成了炭黑色，阴沉着脸，管你爱不爱吃。

不吃没办法，饿呀。母亲蒸了一锅地瓜窝头，像一个个黑脸的乡下野孩子。没菜，有的就是辣椒酱。

辣椒酱是用辣椒做的，等同一句废话。油七成温，辣椒入锅，刺刺拉拉，香辣味儿扑鼻，头顶冒出汗珠。加盐，捣碎，辣椒籽不舍得丢，更香。

在鲁院，湘妹子海燕吃辣椒，用老干妈一勺一勺拌饭，白米饭成了红米饭，你就知道了辣妹子的来历。噢，湘妃那时候没有辣椒，舜帝死，要不也揪一把辣椒边吃边走边哭，寸断肝肠，“泪下沾竹，竹上文为之斑斑然”。

哥伦布 15 世纪末在美洲发现辣椒带回欧洲，明代传入中国。有人说南方人吃辣，是因为地理环境，排阴湿。那么我们村吃辣呢，用二大爷的话说，下馍。

窝头就着辣椒酱，在家吃俩，上学路上又吃俩，好吃。地瓜窝头还有一个名字：橡皮窝窝，意即一扯能扯半尺长，摔地上蹦三蹦，弹力十足。上课了，橡皮窝窝还在扯，在弹，肚子疼得在地上打滚儿，浑身汗涔涔。老师黑三以为我得了癫痫，赶紧把我送回家。

二大爷还有两句话：猴子吃辣椒——红了眼；驴吃辣子——干拌嘴。都属于乡村哲学范畴，你懂得。

蒜泥

蒜自胡地来，一路风尘仆仆，停在我们村，结成辫子挂在山墙上。蒜耐贮藏，一年不失其味，《齐民要术》有专门贮藏之法：“冬寒，取谷布地，一行蒜，一行谷。”谷，此时等同蒜的铺盖，以体温安抚蒜的孤独。

捣蒜，简便易行，乡间小儿常做的事情。眼看到了吃饭时间，母亲在厨房喊：赶紧揪一疙瘩蒜，搉蒜。搉蒜即捣蒜。捣蒜需先加盐，要不整瓣蒜会出来裸奔，以示抗议。

蒜捣得辛苦，唐朝诗人蒋贻恭看得明白，“安仁县令好诛求，百姓脂膏满面流。半破磁缸成醋酒，死牛肠肚作馒头。”出自《咏安仁宰捣蒜》，看来这个安仁县令还懂得一些，蒜，消谷化肉。一口酒，一嘴死牛肚肠蘸蒜醋，只是苦了百姓。

我们村吃蒜，粗陋的吃法是一口馒头一口蒜，能吃出西域风情。精细的吃法就是捣成蒜泥，拌凉菜，拌蒸菜，猪头肉蘸蒜泥，可解腥增味。尤其吃饺子，置一小碟，蒜泥，山西老陈醋，香油，轻咬一小口，蘸而食，颇有田园之味。

《说文》曰：“蒜，荤菜也。”一笔把蒜划进荤菜行列，就如江南鱼菜——林洪在《山家清供》中的记载：“及又见赵与时《宾退录》所载：靖州风俗，居丧不食肉，惟以鱼为蔬，湖北谓之鱼菜。”看来也不是没有理由，蒜夺菜蔬清淡，去肉食腥膻。

但若吃蒜，千万不能让范成大遇见。老范有一首诗，原题较长，不妨摘录下来：“巴蜀人好食生蒜，臭不可近。顷在峤南，其人好食槟榔合蛎灰。扶留藤，一名蒌，藤，食之辄昏然，已而醒快。三物合和，唾如脓血可厌今来蜀道，又为食蒜者所薰，戏题。”可见还是有人享受不了这种舌尖上的狂欢，闻见一股蒜味，退避三舍。

我喜欢一种叫鸡蛋蒜的吃法，煮蛋，同蒜一起捣碎，蛋要多，蒜要少，可成一道菜。青是青，黄是黄，白是白，有春之情境。

酱黄瓜

一定要是“牛衣古柳卖黄瓜”里的黄瓜，有古风。

一方白玉瓷碟，几根酱红掩映碧绿的黄瓜条。此时的筷子需称为箸，不必像李白那样“停杯投箸不能食，拔剑四顾心茫然”。繁忙的日子无须茫然，放下手中活计，一杯高粱烧，一碟酱黄瓜，走的是平民路线。

干脆一点儿，直接进入腌酱黄瓜的重要步骤。准备黄瓜五斤，尖椒半斤，洗净，用盐腌透。大蒜几头，随口味添加。嫩姜半斤八两皆可。白砂糖，粮食酒，酱油，小磨香油，味精可加可不加，有人说吃了掉头发，我已熠熠然，不想诸客效仿。

黄瓜一剖为四，切成小段。加粗盐拌匀压石，也可用陈年老砖。如此三四天即可将黄瓜捞出，沥净盐水。缸是土陶制作，入黄瓜，最好加豆瓣酱或甜面酱，才能称之为道地酱黄瓜。

我家黄瓜原本瘦，一季下来，黄瓜藤长成一位衰老的乡间妇人。就这，母亲也还催着，就像时间催促母亲。入秋的黄瓜，小而不失其味，也省得剖切了，煮好酱油水，一股脑倾进缸里，方砖压实，一周即可佐食。

明末清初吴伟业有《咏王瓜》诗云：“同摘谁能待，离离早满车，弱藤牵碧蒂，曲项恋黄花。客醉尝应爽，儿凉枕易斜。齐民编月令，瓜路重王家。”黄瓜有了姓氏，王，瓜族的王，民间的王，弱藤曲项，唱的是一曲乡野歌谣。

黄瓜浸润了酱色，重情重义。

茴香豆

电影开始，人头攒动，放映机呲呲啦啦，将虚幻的光影投射在银幕上。至于放的是《孔雀东南飞》还是《阿诗玛》，我都不甚在意。

“面蚕豆唻——又香又面的面蚕豆。”卖面蚕豆的小贩在低低地喊，声音撞上电影里的对白，七零八碎。我不是故意的，坐在二哥的自行车大梁上，眼睛直勾勾瞅向面蚕豆的所在。

面蚕豆就是茴香豆，也叫罗汉豆，多见于水草丰美的江南。也常见于迅哥儿的记忆里，在《社戏》里叫罗汉豆，在《孔乙己》中叫茴香豆。

我爱蚕豆，也爱孔乙己。伸出一只枯枝的手，排出九文大钱，“温两碗酒，要一碟茴香豆。”这时的酒是一种温润之物，稍稍排遣文人的寂寞。可看见一双颤抖的手，一只拈起茴香豆，一只端起散发热气的老酒。酒入愁肠愁更愁，谁又能明白一个落魄知识分子的心事呢？

茴香豆有几种写法我到现在也不知道，心心念念多少次也没到过那个鲁讯笔下的鲁镇。但这并不能阻隔我对茴香豆的喜爱。二哥倒是没有拗过我坚定的目光，在阿诗玛飞扬的歌声中挤出人群，给我买了一包茴香豆。牛皮纸，八角，桂皮，茴香豆，筋而软，糯而香，至今想来，口水流出半尺。

蚕豆也叫胡豆、佛豆，是张骞出使西域带回的物种之一。这件事记在《太平御览》中。我想，我若到了老年，是否还会有孔乙己先生一样的口福，先不管茴字有几种写法，合上书卷，一杯老酒，几粒茴香豆。多乎哉！不多也，也算完成一个落魄文人的使命。

韭花帖

说韭菜花绕不过杨凝式，一幅《韭花帖》独步天下："昼寝乍兴，輖饥正甚，忽蒙简翰，猥赐盘飧。当一叶报秋之初，乃韭花逞味之始。助其肥羜，实谓珍羞，充腹之余，铭肌载切。谨修状陈谢，伏惟鉴察。谨状，七月十一日。状"

一叶知秋，说的肯定是秋天，一行行韭菜开出白色的小花，在风中招摇。招摇的还有送韭花的人，他一定不知道这个习惯昼伏夜出的杨疯子，收到一碟腌制好的韭菜花也能为之癫狂，研磨，展纸，运腕，将秋风秋景秋味淋漓抒发，就有了千年逸清的《韭花帖》。

韭菜不俗，有兰花状，只是流落民间。这没什么不好，居高清且寒，何如里巷暖。韭菜是母亲的兰，立春松土，把盖在韭菜畦上的草苫子揭下来，布以农家肥，就有了一盘盘胖嘟嘟的韭菜馅饺子，就有了秋味浓郁的腌韭菜花。

腌韭菜花，适量最好，有人搭配青椒、黄瓜，已夺其清味。就如好好的《韭花帖》，每过一手就盖上一枚猩红的印章。母亲腌韭菜花，石臼捣捣，不须太碎，入姜，增其鲜辣，如此而已，放置在阴凉处，可吃上一整个秋天。

黄庭坚有诗："世人尽学兰亭面，欲换凡骨无金丹。谁知洛阳杨风子，下笔便到乌丝阑。"这是说既然长就一身凡骨俗肉，就别学什么《兰亭序》了，你不知道的是，别看那人疯疯癫癫，一落笔便是轻舟已过万重山。

花生煮毛豆

我也不知道为什么，本来是花生与毛豆同煮，一落笔却成了花生煮毛豆。大概是先入为主的原因，花生个头大就占了先机。

黄豆起源于中国，基本上得到植物学界的认可。《诗经·小雅》里的《采菽》写道："采菽采菽，筐之莒之。君子来朝，何锡予之？虽无予之？路车乘马。又何予之？玄衮及黼。"说的就是采毛豆的情景。采毛豆呀采毛豆，用筐装用土篮装，忙得不亦乐乎。其实是以采毛豆起兴，言及四方朝圣的隆重场景。

花生的来历有些复杂，大概起源于玻利维亚南部、阿根廷西北部和安第斯山脉的拉波拉塔河流域，风尘仆仆来到我们村，平添了几多异域风情。一名长生果，多食可延年益寿；另寓意多子多福，新婚夜压放于床角。这是平民的祈愿，以一件平常的物事寄予无限美好。

我对花生煮毛豆有两件事记忆颇深，都是往年的事情了。

一次是我十二三岁时，邻村菜园放电影，就和二皮、树根商量去了南岗子，连薅带捋，弄来一大盆花生毛豆，抓把盐在二皮家的大锅里煮，后来提着一水桶花生毛豆边看电影边吃，电影落幕，三个人躺在地上起不来，胃囊如灌了一包铅水，使劲往下垂。

一次是在我首次打工的砖窑。白日里毛驴样在窑场上奔跑，晚上百无聊赖，包工头黑子提议，不如去附近的天地偷一些吃食。那时十七岁，刚辍学没几天，一天天呆头呆脑干活，听见窑场附近的学校传来琅琅书声，如万箭穿心。记忆中我好像从来没有破罐子破摔，辍学是为了入伍，入伍不成四处奔波打工，打工归来开理发店，理发的同时琢磨如何写出像样的文章。还是偷，让人想来总是惭愧，秋夜静悄悄，惊起一只坐在枝头的猫头鹰。第二天失了庄稼的农夫围着窑场骂，就觉得活该。

人是该保持一些清白的，小时候尚可原谅，大了就不能再想偷鸡摸狗。你像花生毛豆多好，青的青白的白，清清白白。

豆早年叫菽，很文雅的小名。明朝孙作有诗："茹荤厌葱韭，此物乃呈才。戎菽来南山，清漪浣浮埃。"可见豆有清肠胃之功效。这里说的应该是豆浆或者豆腐脑之类，乳白，清晰，流畅，绝非其他食物能呈现的常态。

花生煮毛豆，大可不必太过讲究，一撮花椒，一把盐，撒上几粒大茴香，两块桂皮，清香之中透着一股馥郁。也难怪夏夜的食摊上，一众人马落座，粗着嗓子喊：先上一盘花生煮毛豆，不用碗筷，一剥一丢，吃的就是那份恬然。

不过花生入味还要有个小技巧，清洗前摊在地上用脚轻踩，使唇瓣裂开，易入味。

乡间的每个生命都是天使，
度化自己，
也度化我们苦难的一生

牺牲部

第三辑

如何祭奠一只羊

如果一只羊也有思想，它会在《羊类简史》上这么写：早在五千五百多年前，新石器时代开始，一种叫人的生物完成了直立行走的过程，又学会了利用蚌刀、石斧等简单器具。那是一个叫母系氏族社会的时期，我们羊族中的某一分支脱离了草原、山野，来到水草丰美的老河滩。我们食草的秉性从未改变，在这片土地上，草生生不息，就像永无止境的时间。

我深信这样的描述，就如深信《小王子》中狐狸说过的话："'没错，'狐狸说，'对我而言，你只不过是个小男孩，就像其他千万个小男孩一样。我不需要你，你也同样不需要我。对你来说，我也不过是只狐狸，就跟其他千万只狐狸一样。然而，如果你驯养了我，我们就彼此需要，成为彼此的唯一。’”

就是这样，彼此驯养。老河滩里的河水流了多少年，羊就在老河滩上被放牧了多少年，我们的村落就在这片土地上驻留了多少年。羊在河滩上吃草，天上飘过行色匆匆的云，蒲儿根开着花，车前草擎起细细的穗儿迎向风，没有什么能打扰一只吃草的羊，仿佛啮食青草就是一只羊的生存法则。它在茵茵的绿草中寻找生命存在的意义，就像我们在金黄的麦浪中发现生命的价值。这一片草是昨天光顾过的，那么就转向另外一片；那一片野草刚刚生发出鲜嫩的芽尖，就用轻柔的呼唤喊来牙齿刚刚长全的羊羔。

在所有的生命个体中，我会对一只初生的羔羊情有独钟。初生，睁开一如水洗的眼睛，抖抖身上的卷毛，跪在母亲的臂弯下，沉醉于甜蜜的吮吸。我以为这就是拯救了，对于一个在乡间生活多年的人来说，容易唤醒生命最初的依恋。

有时，写下文字的过程就像一次赎罪的过程，我在字里行间寻找着，却无法避开闪耀的刀锋：比如亲临死亡，让一只羊作为替代感受生命的消亡。

我亲眼看着羊群从无知无觉的睡眠中醒来，或者只是羊们习惯了这样的驯养，它们相信村庄，相信作为牧羊人的我们，会把它们引领向时间的深处，野草的深处。事实却是前途未卜。谁又能预知自己的命运呢？村庄见证了无数次诞生，也经历了无数次死亡，老死的，早夭的，横死街头的，死于痴狂的，一次次上演着生死大戏。

而眼下，母亲却让我“扯羊腿”。吾乡吾民，自古以来就有过年喝羊汤的习俗。去家十八里是一个叫单县的小县城，有史可查，单县羊汤最早创于1807年（而我觉得会更早，只是后来的人们习惯于有字可考才设立了各种年代标识，好像不如此不足以记录一件事情的久远）。当时由三个姓氏的人家联手，故取名为“三义春”羊汤。

那是一只屡次逃过劫难的青羊，这里面有我的疏忽，也有跳梁者的伎俩。第一次，我在老河滩放羊，说是放羊实则怀里揣了一本缺头少尾的书。讲的是捻军起义，那些放下锄头的乡民，一变脸成了有护体神功的勇士，头系红巾，手执大刀长矛，冲陷敌军阵营。捻，是捻绳的意思，咱们农民有力量，合起几股为一股，就成了战无不胜的洪流。1865年5月，杜鹃声啼，麦香溢满田野。捻军正在不远的菏泽高楼寨与僧格林沁的铁骑浴血奋战……热血充溢胸膛，当我揉揉疲累的眼睛才发现羊群没了踪影。羊吃了人家在地头涂抹在树叶上的农药。当然，挨骂是必然的，母亲几乎用尽了所有办法，还是失去了一只老母羊，而这只青羊用了半个多月才恢复了精气神。

月光下的村庄安静而充满变数，偷羊者不会因为一位乡间妇人花样多变的骂街而改变初衷。影子在月光下漂移，从村东到村西，几乎每家的羊圈都谙熟于心。跳进羊圈，那些安静的羊们仿佛被下了蛊，抚摸，轻轻抱起，递过低矮的土墙，一人在后，一人在前，在月光下游弋。也许在这个黑白不分的世界，羊的思想里只有温良与单纯。邪恶远未结束，奎山爷第二天醒来才发现羊圈里空空如也，仅仅是因为贪杯喝多了酒，在梦中还念叨着娃儿清水领到了录取通知书，即将成为村里唯一的大学生。奎山爷急火攻心就瘫了，清

水因为遗失的那群羊没了学费不得不远走他乡。还是那只青山羊，母亲听见了一声叫，操起一把镰刀，披头散发站在月光下挥舞，我家在村东，跳梁者不得不放弃了这最后一家。

我亲眼看着老黑叔将一把锋利的刀子刺进了青羊，一道红光喷射而出，一只羊的生命就此定格。老黑叔谙熟此道，每逢春节必会光临每家每户，封刀礼就是一套羊杂或者一只羊头。在羊腿上开一个口，用嘴对着猛吹，青羊全身就鼓了起来，锋利的刀尖划过羊腹，这时候你就能领略到肤如凝脂的含义。庖丁解牛，换作一只羊仍然游刃有余，羊头，羊杂，羊身，羊肠，很快就有了明晰的划分——我那时是快乐的，不仅仅是因为在春节前后每天都有美味的羊汤，而且还有可以吹成气球的羊尿泡，放在案板上揉搓，鼓着腮帮子吹得圆圆鼓鼓，可以陪伴一整个即将到来的春天。还有，羊蹄甲，摁入一块羊油，在夜色中点燃，游荡或者迎风奔跑，好像就有了打败孤单的理由。还有，羊拐骨，三姐收集起来，和姑娘们在村口的石碾上抓子儿，以分计，十百千万，用来消磨时间。

人有火葬土葬水葬天葬悬棺，那么一只羊呢，会不会在族谱上重重地写下另一种葬法：刀葬。某年某月某日，一只德韶功高的青羊慷慨赴死，以此换取了更多族类的生存，呜呼哀哉，伏惟尚飨！

穿越光影，我和一只羊在春光中对视，草尖上的露珠，在日光尚未炽热之前保持了最初的清澈与单纯。它或许早就熟知自己的命运，只不过在彼此的驯养中明白了某些不可更改的弦音。羊固有一死，或重于泰山，或轻于鸿毛，结局尚在其次，重要的是如何度过每段安静的光阴。这无可争辩的事实，在某种程度上像极了大多数农人。

羊选择了沉默，或者以另一种方式记述了人类发展史。羊皮纸的诞生，也许就从一个侧面书写了历史。公元前5世纪的历史学家希罗多德，在其著作《历史》中记述了当时在动物皮上书写文字的事情："爱奥尼亚人一直称呼纸莎草纸为'迪芙泰拉'，意为皮。盖因昔日纸莎草纸不足，彼人代以山羊或羊皮而来。至今太半蛮族以如此兽皮书写。"这是命运的巧合，当我们端坐在灯光下读史，那些温良的生命是否也会穿越时空在星空下低语。野草依旧，流淌的大河依旧，村落依旧。

我不想再铺排，很多时候胸膛里藏着一只卷毛的羊羔，不言不语。有一日夜深，街镇上的屠宰点传来羊悲戚的叫声，我在微信上信手写下：

> 一只羊在窗外叫，能听出伤心。无以复加的痛也是轮回，上帝一定守望在某个路口，这伟大的牧者，将草场安放于世，将风雨播撒于世，转身而去。
>
> 转身的还有时间，洞穿羊的身体的同时，倏然穿过风雨飘摇的一生。它停止了哀伤（想必知道有一个人在深夜因为一只羊独语），人若是一只羊呢？这遍地的野草就是幸福的具体体现，这摇曳的露珠就是教堂里闪烁的灯光，没有指引的人生或羊生，都是迷途的孩子。我们在孤寂的大地上游走，在破败的屋檐下祈祷；我们生，我们死，我们跟随牧者的脚步向白云边走去。

地平线是一条脚踏阴阳的延伸地，一边是活着的忧伤，一边是死亡的幸福。

我童年时放牧的那只羊，是否会在今夜复活？我童年时走过的那片草地，是否已经退变成一片寂寥的荒野？这孤独的呼告者啊，只一声轻唤，就找到遗失的羊群。这布满夜色的忧伤，何尝不是一个宁静的渡口？

从此后，羊，你不再为己而活。

也不必在羊羔降生时满腹愁肠。

你必是要登入天堂的孩子啊，你必代人受过才换来这个忧伤的夜晚。你可以听从内心的召唤，也可以拒绝路人的悲悯。这春天的柳呀，是你冠上的荆棘。这萌发的草木啊，是定做十字的良材。这夜与昼的路口呢，是步入云端的阶梯。

羊睡了。睡吧，我会步你之尘入梦，也会慢慢适应没有你的这个春天。此地与彼处，那么近那么远。

——就当以此作为祭奠。

一颗好头迎春来

猪是一头好猪，日光晴好时躺在低矮的猪圈里看云卷云舒，躺累了鼾声四起，梦中也能生出一双翅膀在天空飞翔。人有梦想，猪也有猪的梦，不过是想要冲破矮矮的牢笼，重返大自然之中。若是阴雨天气，一头猪也会生出浅浅的哀愁，驯化的路太长，归天的路尚远，不如檐下听雨声，雨打芭蕉到天明。

头是一颗好头，鼻孔远远地朝前伸，走在宽阔的老河滩上。老河滩上有野草，狗牙根、兔兔酸、银银菜，逮住了就啃上两口，若是再努力一些，可以刨挖到深秋肥美的茅草根，那滋味儿甜呀，躺在猪圈里还一直咂吧着嘴，涎水流出老长。

以猪头祭祀可谓远矣，《周礼·天官·小宰》中有牢礼之法。

郑玄注："三牲，牛羊豕具为一牢。"三牲是指三种不同的牲畜，猪牛羊组合祭祀，是为了突出祭祀的隆重性。这时的猪已经魂归天堂，在天空远远地看着，人的嘴中念念有词，那个几可附身的神灵隐隐约约，就是不知道什么来头。

古人云：六畜猪为首，一年春先占。莫名其妙，一头猪就这样成了教主，坐上了头把交椅。幸，或者不幸，谁解其中味，只是从另一个方面突显了猪与人的关系如此之近。

每逢祭祀先祖，一整个村庄就活了起来。木根爷先是观察了几天，村东村西转悠，要选头部带有"寿"字图案的猪，以讨吉利。那头猪仿佛知道了什么，头天晚上独自在老河滩上转悠，桃花开，杏花败，蛰眠的虫儿飞起来，是时候了，在黄昏到来之后开始绝食行动，任你唤，任你打，再不起来。

我们村的屠夫胡大海家时常会飘出一缕异香，那香味儿浓厚、宏大，好像一整座院落都沉陷在香气的包围之中。那是胡大海在卤猪头。我和胡大海的儿子胡小河是同学，很多时候不知不觉就绕到胡小河家门口，说是邀着一起去上学，其实打心眼里贪恋那一股猪头的美味儿。后来读书，读到知堂老人的《猪头肉》："小时候在摊上用几个钱买猪头肉，白切薄片，放在干荷叶上，微微撒点盐，空口吃也好，夹在烧饼里最是相宜，胜过北方的酱肘子……"心下会意。胡小河用几片猪头肉换我帮他做作业，到底是拗不过猪头肉的香，半夜了我还趴在油灯底下貌似用功。

这是猪头肉的诱惑，让我从小就知道自己的致命弱点，遑论其他，单是一场美味下来，别人说什么都会点头应允。

喜欢猪头肉的还有苏东坡，一块东坡肉名扬四方。“净洗铛，少著水，柴头罨烟焰不起。待他自熟莫催他，火候足时他自美。黄州好猪肉，价贱如泥土。富者不肯吃，贫者不解煮，早晨起来打两碗，饱得自家君莫管。”“问汝平生功业，惠州黄州儋州。”一路下来，早已把世情看个清清楚楚明明白白，还是人间烟火亲近，还是一颗猪头抚慰心肠。

东坡又记：“王中令既平蜀，捕逐余寇，与步队相远，饥甚，乃入一村寺中。主僧醉甚，箕踞，公怒，欲斩之，僧应对不慑，公奇而释之，间求蔬食。僧云：‘有肉无蔬。’公益奇之。馈以蒸豚头，食之甚美，公喜，问僧：‘止能饮酒食肉耶，抑有他技耶？’僧自言能诗，公令赋蒸豚诗，援笔立成，诗云：‘嘴长毛短浅含膘，久向山中食药苗。蒸处已将蕉叶裹，熟时兼用杏浆浇。红鲜雅称食盘饤，软熟真堪玉箸挑。若把膻根来比并，膻根只合吃藤条。’公大喜，与紫衣，赐号为蜀中诗僧。”

可见猪头美味由来已久。“嘴长毛短”说的是拱嘴，由于猪天生善于拱地，锻炼了一根柔韧坚实的鼻梁，其味清幽、不腻；“久向山中食药苗”应该指的是舌头，我们村称之为口条，切薄片，食之肉味细腻，若有淡淡草药之清香；“蕉叶裹、杏浆浇”是说做法，不知道流传到现在还有几家卤猪头的铺子能坚持下来；“红鲜”“软熟”，一盘刚出锅的猪头肉上来，看着就让人食欲大振。

猪头的指向神秘，仿佛入定的老僧，被供放在我十九岁打工时一艘飘摇的渤海湾渔船上。船老大领着他的一帮兄弟三拜九叩，一是为了祭拜海龙王，祈求平安出渔、归来；二是祈求海产丰盛，一网下去尽是跳跃的鱼虾。我在船尾看着，在这飘摇的旅程里我也是祈祷平安归来的一分子。这是农历二月二开渔的日子，每一家的船头上都摆放着一只象征神灵的猪头，鞭炮炸响，百舸争流，千帆竞发，一霎时海洋和人类的命运如此紧紧拴系在一起。

胡大海四十几岁就得癌症去世了，胡小河后来继承了父亲的衣钵，十七岁结婚，开始操刀杀猪。很多次路过那座弥漫着腥膻与异香的院落，都能看见胡小河的妻子在门口剃刮猪头上的毛。这是个细致活儿，先用火烧，再用沥青浇，最后用剃刀将隐秘的毛发剃拔干净。接下来就是卤煮。胡小河家的卤猪头一直是十里八村的一道美味，肉架子在左，猪头肉在右，一缕异香在集市上飘荡。

一颗好头迎春来，你不吃猪头肉永远不知道有一种乡野味道在舌尖绵绵化开，近似于淳朴的民风。

鸡鸣喈喈

上语文课，老师讲到《周扒皮》，我的小脑瓜里就浮现出这样一幅场景：阒静的夜，月亮在云中穿行，一个头戴瓜皮小帽的家伙鬼鬼祟祟推开虚掩的门，直奔鸡舍而去。这时的长工们都在呼呼大睡，少年小宝出来尿尿，打了一个激灵，就听见了公鸡打鸣的声音，紧接着更多的鸡们叫了起来。地主周扒皮尖着公鸡嗓子喊，鸡都叫了，起来上工。

鸡鸣是红色的，人躺在床上，梦境深深浅浅。有人在梦中娶妻生子，飞黄腾达。有人一生仰仗一个单纯的梦活着，比如晕三。日上三竿从奶奶庙里出来，唾沫横飞，言说昨天梦里又吃了一桌好酒好菜，那鳖有这么大，那鸡肉香死个人，那羊腿啃着啃着又长出肉来。鸡鸣三更，好像这个神秘的家族有通灵的本领，比瑞士钟表还要准时。起先是一条线，一线隐隐的红色划破寂静，吓得天上的星光颤抖，想要落在村口的麦草垛上。接着是很多条直直的光线交叉，通连夜空，李家的，赵家的，马家的，交织在一起。后来就成了调音师手下的光谱，鸡鸣喈喈，那红就短促、绵厚起来，将一整个村庄托在红色的汪洋之上。

村庄里的人渐次醒来。

我家也养鸡，散养，一只只在院子里晃来晃去。我家的母鸡温柔，公鸡大方，偶然到了发情季，这才相互追逐，成就鱼水之欢，以繁衍子嗣。

那时的鸡会上树。暮色起，在院子里排成一条散乱的队伍，母鸡打头，公鸡在一旁看护，路线是这样的：砖堆旁边有一架废弃的犁杖，土墙边长着一株刺槐树，弹跳，用最小的力气落在犁杖上，而后砖堆，土墙。上树是一个技术活，要觑准时机，翅膀不能碰上树枝，起落要稳，常有刚学上树的小母鸡从树上掉下来，沮丧地钻进母亲用瓦片搭筑的鸡舍里，一夜提心吊胆。最后才是大公鸡，看温柔可爱的母鸡们在树枝上站稳排好，这才一展翅飞上土墙，又稳了稳身形，飞到最高的树枝上。

这是鸡界的秩序，以朴素的理念稳固日常——尽管所有的鸡最后都难以逃脱被宰杀的命运，也还是在短暂的一生中散发着微光。

我家不常杀鸡，仅在一年中几个重要的节日，母亲在石头上磨刀，嘱我去抓哪只短命的鸡。我馋鸡肉的香，但我更在意鸡肉之外的边角料。如同散文，功夫多在日常，从一些拉拉杂杂的闲话，更容易走进事物叙述的核心。

鸡毛可以攒毽子，三姐和二姐这时表现得更为主动，紧着拔公鸡脖颈上的翎毛，然后私藏。一枚眼儿钱，一针一线，把翎毛插在羽管里，就做成一只上下翻飞的鸡毛毽子。日光晴好，你会在那时的光阴里看见几个活泼泼的乡间少女，盘踢，拐踢，磕踢，碰踢，将技术运用得炉火纯青。古人说得最为形象：“忘却玉弓相笑倦，攒花日夕未曾归。”时光可追，只需要转过身，就可看见那个快乐、单纯的自己。

吃完鸡肉，母亲开始打扫残羹冷炙，把我啃的鸡腿骨插进墙缝里。一开始我以为这是母亲的习惯，并没有其他含义。后来才知道，母亲是把鸡腿骨用在织布机上。灯光摇曳，梭来梭去，母亲坐在那架老式织布机旁，引经穿纬，鸡腿骨起到固定卷筒的作用。那是唯一区别于木头的元件，在咔嗒咔嗒的织布声中沉默，见证了辛苦，也见证了贫寒。

我曾经不能释怀的一件事，是每到要书钱学费的时候，母亲转瞬就变了脸。天天要钱，我又不是开银行的，给我拿个小本本记上，花了多少钱，好好记着，到时候好还。我揪着衣襟站在日光下，用极大的耐力告诉自己这钱一定能要到手。母亲转身捉住一只老母鸡，往鸡屁股里试探——那里才是我家的银行，鸡屁股银行。公鸡打鸣，不要太多，一两只就好；母鸡下蛋，多多益善。每逢赶集，母亲把土篮摆在集市一隅，等候买鸡蛋的人来。那钱大多被我用在了读书认字上，只有少量换回一家人的柴米油盐。如今想来，鸡在我家绝对是功不可没，憋红脸生出一枚鸡蛋就让我多认识了几个字，若非如此，我大概和村里的晕三在做同一个梦。在梦里，晕三笑呵呵递过来那根啃不完的羊腿，说梦里的日子真快活。

描写鸡的诗句，我最喜欢的是温庭筠《商山早行》中的“鸡声茅店月，人迹板桥霜”。寥寥几笔，便画出一幅早行时的清冷图景。一个人失意之时，便是孤旷冷清之时。秋日清晨，冷霜侵染了秋草，鸡鸣叫冷了月光，这一走杜陵梦断，这一走叶落如霜。

由此可见，一只鸡从历史的梦境处起飞，飞越万里霜天，栖落在我们家的树枝上。追根溯源，早在旧石器时代就有驯养鸡的出现，那时的鸡应该尚未褪去作为禽鸟的华丽之羽，于暮色中翩翩起飞，飞向一片荻花飘荡的水岸。在长江流域的屈家岭遗址可见陶鸡，其形流畅古朴，尚未脱去飞鸟的灵性。而在后来的漫长时光中，鸡被赋予了多层含义。《尔雅翼》中说鸡有“五德”：“头戴冠者，文也；足搏距者，武也；敌在前敢斗者，勇也；见食相呼者，仁也；守夜不失时者，信也。”把一只鸡上升到道德层面，想想，虽有附会之嫌，却也给了一只吃糠咽菜的鸡不错的名分。

在乡下，鸡与吉谐音，所以深得村人的喜爱。堂兄大成哥娶亲，二大娘颠着小脚央告母亲，让我去给大成哥抱鸡。抱鸡是一个专属名词，意即在结婚那天找一个有血缘关系的少年，抱一只公鸡，鸡身上涂抹鲜艳的红色，用红绳系住翅膀和双脚，送到新娘家，然后换来女方家准备好的一只母鸡。从此，这两只鸡的命运便捆绑在一起。

我读莫言的《锦衣》，一上场便被民间女子宋春莲的命运攫住。宋老三，牵着一根绳，绳上拴着亲闺女，头上插草标，卖了好买大烟抽。这是人性的倒逼。清末民初，革命党人秦兴邦、季星官从东瀛潜回高密东北乡。一只若有若无的锦羽雄鸡，代表在动荡、昏暗的世界上尚存的风骨与良知，与知县公子战，与洋枪队王豹战，终于迎来雄鸡一唱天下白的青白日月。我在想，那只鸡一定看透了人世污浊，在夜深之时张开机敏的耳郭，远处是涌动的浪潮，近处是无声的抗争。文学表达一事，不过是将灵魂从肉身摇荡而出，沿着事件发展的脉络，沿着日月交替的刹那，牵引出情趣、情绪与情感，而后辅以广博的背景，将一出大戏缤纷呈现。

我需要重返日常，在一片旧日光影中感知昨日冷暖。母亲最善于烹饪的是地锅鸡。“二十三，祭灶官”，灶王爷灶王奶奶端坐在厨房里，头顶上一行小字——“东厨司命主”。灶膛里火光熊熊，烟气翻滚中是一阵阵摄魂夺魄的香。母亲有言，但凡做好的贡品，一概先供奉灶君，又怕我们馋，就在锅沿上贴了一圈死面饼子。由此造成的假象就是，死面饼子泡在鸡汤里可以吃出鸡肉的味道，以至于多年之后，每次吃地锅鸡，我更偏好于吃那几张薄薄的面饼。

人间有真味，不惑之年少了对肉食的兴趣。吃鱼时会想到鱼在水草间游荡的自由与快乐，吃肉时眼前会浮现出动物无辜、清澈的眼神。至于鸡，我还是倾向于它所带给人间的精神气质。小时候摇头晃脑背诵的《三字经》上不是说“犬守夜，鸡司晨。苟不学，曷为人”吗？这里面既包含了天性的部分，也包含了对人的劝喻与警醒。

鸭子飞了

很远就听见鸟的叫声，有的压抑，似离开天空太久，被囚在一隅狭小的空间里；有的声音高亢，能穿越暮春的天空，在高处打了一个回旋，又落在这片宽阔的野地里；有的声音细小，像一湾小小的水流，流着流着寻不见踪影，又从一片草丛里钻了出来。这是暮春，黄河口的草木已经苏醒，野芦苇的绿意一点点漫上来，与一片片野生的柽柳衔接。

丹顶鹤，白头鹤，东方白鹳，黑鹳，金雕，白尾海雕，透过密实的网眼，我望着它们，企图理解它们现在的心情。导游的解说并未入耳，无非是说这里是野鸟的天堂，它们每年春天准时到来，当问及为何把这些鸟囚禁在网格里，心里还是咯噔了一下。那个扎着马尾的姑娘，说尽管每年都在强化保护野生鸟类，还是有人布下天罗地网——这些暂时不能飞翔的鸟，都是鸟类救助站人员一只只带回，观察，治愈，在合适的季节放飞。

我看见了鸳鸯，雄鸟嘴红色，脚蹼黄，羽毛鲜艳而华丽，头上长着艳丽的冠羽，眼后有一道流线型眉纹，翅上有帆一样的直立羽毛，这是区别于雌鸟的最显著特征。而雌鸟嘴黑色，头与整个身体皆为灰褐色，眼周白，眉目间波光流转。我看着它们，它们却并未将我放在眼里。其实更多时候是我们把自由的寓意放在了鸟的身上，渴盼自己也能飞翔。

我的神思也开始飞翔，透过春天最后的光影，看一个小小的身影在故乡的老河滩上游荡。

那年，我五岁。傍晚母亲看鸭群里少回来了两只鸭，就让我出去寻找。老河滩上草木繁盛，很多年了，都是这样，栖息着野鸭与翠鸟，游荡着布谷的回声。我朝天上看，影子全无，这么多年，我只有在纪录片和电脑的图片上才能看见布谷鸟的样子，麦子黄时，它们准时到来，叫声穿越林梢。我并不在意能否找到那两只丢失的鸭子，或者，我以为每一只驯养的家禽与牲畜都会沿着炊烟升起的线路回家。所以一路走走停停，将鞋底掷向低飞的蝙蝠，躲在一株老柳后面逗引一只野猫。

有关鸭的驯养，要追溯到3000年前，根据福建武平县岩石门丘山遗址发现的新石器陶鸭，以及河南安阳殷墟妇好墓出土的玉鸭、石鸭等，可以做出大致判断。无疑，家鸭是从野鸭进化而来的，它们和鸳鸯、大雁、鹅，同属于雁形目动物。冬去春来，一行行鸭

子向北飞，降落在我们家村口的老河滩上。肯定是我的老老祖母，原本拄着一根拐要去老河滩的河堤上坐看夕阳，看见河湾上的草丛里闪闪的亮光，是几枚圆润的鸭蛋。她想，大好的春光，万物都在苏醒，这几枚圆滚滚的蛋壳里能孵化出几只鸭来也未可知。时间在流动，蛋壳里的鸭们渐次醒来，笃笃啄壳，蹒跚行走，把身影低矮的老老祖母当作母亲。渐渐长大的鸭们从此就有了一个安稳的家。

趋之若鹜，是一个不好的词语，把一群人形容成鸭子去追逐某一事物。但我想鸭子本身并没有什么不好，在古代，鸭子是一种憨态可掬的形象。中国国家博物馆有一只青铜鸭形尊，体态丰腴，蹲卧状，曲径，双目炯炯，仿佛正嘎嘎长鸣。这是一件西周时期的礼器，用尊的形式表达出来就有了浪漫主义的色彩。鸭代表日常，尊代表庄严或神秘，一只鸭子就这样沿着历史的长河顺流而下，似乎承载着某些不言自明的东西。

我母亲不管这些，或许只是老老祖母留下的习惯，在院子里放养一群缓慢行走的鸭子，作为一种贴补生活的方式。

母亲养鸭，等着“赊小鸡——小鸭——咻”的声音飘进村庄。赊小鸭的小贩把笸箩放在地上，任由母亲拣选：捏一条腿倒提着惊慌鸣叫的是公鸭，也叫鸣鸭；不言不语眼神温顺的是母鸭，也叫草鸭。母亲一般只要草鸭，鸣鸭要上一两只是为了繁衍。从此，院子里就滚动着一群毛茸茸的小鸭子，滚来滚去就成了灰褐色。一早，母亲把破旧的柴门打开，那些鸭子就摇摇摆摆排好队形下河去了，一整天，在小河里游来游去，搅乱春天的光影。到了黄昏，母亲站在河堤上一喊——鸭鸭，回家来。它们就扑腾腾上岸，抖落翅膀上的水，水珠散乱，折射出夕阳疲惫的霞彩。

原本，鲁西南很少有人吃鸭，我们不过是在借鸭下蛋，以填充缺乏营养的肉体。母亲处理鸭蛋的方式有两种：一是腌咸鸭蛋。麦黄之前，正是鸭下蛋最勤快的时候，母亲把坛子洗净，把鸭蛋洗净，将熬煮好的花椒酱油水倒进坛子里，三七二十一天后，正是芒种节气，正是开镰季节。刷刷刷，镰刀锋利，直起疲惫的腰身，嗯，再用三天就能把这片地上的麦子割完了。吃饭，几个馒头几瓣蒜，最诱人的是每人可以有两枚咸鸭蛋。吃鸭蛋一定要这样吃：在顶端敲开一个小孔，筷子旋转，溢出的黄油和蛋清搅在一起，那种香想想就让人垂涎。

另外一种是蹲守在集市的一隅，面前放一土篮鸭蛋，青皮，圆润，每一只似有生命的迹象在闪动。三毛，五毛，在等候哪一位买主，好换取油盐酱醋以及我学习用的本子与铅笔。就如眼下，当我写下这篇有关鸭的文字，我认为有一部分是鸭的功劳。它们在时间的深处张望，听我噼里啪啦敲击键盘，而后转身，消失在一片芦苇丛中。

但食鸭的传统由来已久。还未走进街镇，远远就闻见烤鸭的味道（说实话，这些鸭子的来历很是可疑，以及看似神秘的配方也让人产生怀疑，十八元一只，送一张卡，集齐十张可换烤鸭一只）。油是反复使用的油，颜色已经发黑，上面漂浮着一层可疑物质。鸭子堆放在一面大盆里，苍蝇乱飞，散发着刺鼻的味道。

说到这里，北京烤鸭似乎难以绕过。鸭是北京鸭，技术是道地的口口相传的技术。若不是读了一篇叫《收山》的小说，还不知道正宗的北京烤鸭有如此繁琐的流程。从专职填鸭，到果木明火烤制，再到片鸭的刀工以及作料的使用，活生生写出来一个烤鸭江湖。烤鸭三吃，用酥脆的鸭皮蘸细细的白糖来吃，一般是大宅门里太太小姐的兴致，同学景松说试试看，入口即化。另一种吃法是甜面酱加葱条，可配黄瓜、萝卜，卷以荷叶饼，入口甜香。还有一种是蘸蒜泥，蒜有消谷化肉之功，可解油腻，也属于比较大众的吃法。

我是无意写到吃鸭的，而是在心底把鸭子看成老河滩上大家庭中的一员。比如现在，五岁的我在河滩上走走停停，夕阳拉长了身影，而要找的两只鸭子尚不见踪影。河道里吹起凉凉的风，我学母亲一样唤道——鸭鸭，回家了。

鸭子听话，多数时间把自己活成村庄版图里的一幅水墨画：树影倒映在水中，流水冲刷着桥墩，水草在水底招摇，现出鱼虾穿梭的身影。只需一个猛子，鸭子就能钻出很远，在水面上浮起，浮成几只水墨小点。或许，这幅画会深藏在很多人心里，夜深之时，听见一串嘎嘎的叫声就想起故乡的模样、家的模样。

而我，很多年生活在故乡的侧旁，彼此渗透，每一件事物都深入骨髓。

就这样走着，逆着时间的方向，顺着水流的方向，那片茵绿的芦苇坡停在前方。似乎听见鸭的叫声，或者不是，只是它们在私语。我又唤——鸭鸭，回家了。芦苇丛中扑棱棱响起翅膀拍打的声音，两只灰褐色的身影飞向天空，飞向晚霞的深处。

这一走让我找了将近四十年，再无回声。

泥鳅隐士

泥鳅大多独来独往，是水中的游侠，日光跌落在水面上，泥鳅正在冥想之中，想这寂寞的流水要去向何方，想这飘摇的水草何时才能长出水面。泥鳅一生下来就长了一副智者的样子，飘动的胡须顺着水流的指向，仿佛在占卜。

泥鳅无欲无求，只在暑热的天气偶尔把头探出水面，是为了补充体内的氧气，而后一转身藏在草间。青黑色的皮肤，没有其他鱼类闪光的鳞片，只有一身黏腻的膜衣——当然也可以称之为魔衣，不为变换自己的容颜与身份，只为逃脱猎捕者的大手。我把手伸进水里，在水中摸索前行。摸鱼绝对是一个技术活儿，比如有泥鳅之称的黑叔，如果哪条鱼触动他的手指，绝无逃脱的可能，泥鳅也不例外。手要巧，要快，一旦触到泥鳅光滑的皮肤，瞬间就能知道泥鳅的头部在哪里，头部有腮，是最易捉拿的地方，只见黑叔手一扬，一只滑溜溜的泥鳅跌落草间。

有人死去，滴滴答答的唢呐在吹，我趁磕头的空余站在堤岸上。弯曲的小河只剩下窄窄的一条，靠近小河的地方有一处浅浅的水洼，已经干涸。我好像看见年少时的我，光着屁股在水中摸索，那神情类似盲人摸象，尚未领悟除了局部之外事物的总体更重要。草鱼懒笨，一般栖身在草窝里，或者刚刚踩过的脚窝里，一摸一个准，甩上岸去蹦跶不了几下，很快死去。一条一拃余长的泥鳅出现，在并不深的水洼里若隐若现，但行动敏捷，我甩了甩手上的泥巴，擦一下额头上的汗，把自己也弄成了一条泥鳅的模样。

那天的我，终于沮丧地躺在老河滩的草地上，看那条与之交锋过无数次的泥鳅在水面晃了一下，又扎进水里。这是岁月的寓言，借用一条泥鳅的存在与消逝告诉我不是所有东西想要就能得到。

不过也有泥鳅成群出现的时刻。处暑时节，天气仍然燥热，偶有一场大雨落下，水面上浑浊一片。那些青黑色的泥鳅在水中翻卷，让人觉得有些诧异。多年之后，我再也没有见过那样的景象，浑浊的河水从上游流下，一开始还有点势头，像脱缰的野马，等河面趋于安静，水岸上涌动着一处处小小的浪花，青黑或浅黑，也有金黄斑点的泥鳅，它们在躁动，把头急促地伸出水面又钻进水里，浅黑与青黑交缠，青黑与金黄斑点缠绕——或许这是它们在享受生命的狂欢，于秋天到来之际来一次轰轰烈烈的爱之纠缠。那天，村子里很多人出动，有手执笊篱的，有拿土篮的，有的甚至着急忙慌扯下窗户上的纱窗，捕捉疯狂的泥鳅。

那一天，村子的上空飘荡着炖泥鳅烧泥鳅烤泥鳅清蒸泥鳅的香味儿，一场肆意的狂欢所带来的无非是集体赶赴死亡。

大略，泥鳅是真正的素食主义者，所以肉质比较鲜嫩、细滑。以泥鳅煮汤，汤色奶白，夹起一只泥鳅，在口中一顺，只剩下一根干净的骨头。尽管如此，村子里仍然很少能吃到泥鳅，一是实在难捉；二是大多数人并未把泥鳅当作真正的鱼类，细细滑滑，还不够塞牙缝。

我去皖南，做的是坑蒙拐骗的勾当，大多数年轻人都不在家，一整个村子里就剩下老弱病残。舌灿莲花，把一种普通的心脑血管药说成包治百病的神药——你懂得，就像很多貌似专家的人物在电视上分析疾病的起因、转化以及某种药物的神奇，让你以为除了此药世间再无良医好药能治好你的病症。村子里的人朴实，午饭时分，执一把笊篱到门前的水坑，一会儿就捉来很多泥鳅，红烧泥鳅，干笋腊肉，腊鸡腊鱼，一顿好招待却不知全喂了一群油嘴滑舌的狗。

我们也狡猾，但不如泥鳅光明磊落，在某天支好摊子准备大肆渲染的时候，来了一群工商局打扮的人，树倒猢狲散，从那以后便金盆洗手，老老实实做些正经糊口的营生。别看我，也别嗤之以鼻，在我真正敢于面对泥鳅君的时候，也已经做好了曳尾于涂的准备。

传说有一道菜叫貂蝉豆腐，却与貂蝉全然无关，又叫汉宫藏娇，还叫玉函记。单听名字会觉得多么美好、雅致，而烧制方法却有些残忍，把泥鳅放进加了盐的清水，放养一夜之后，将泥鳅倒入有嫩豆腐的凉锅内，加热。说是煮出来的泥鳅开锅之后全在豆腐里，豆腐洁白，汤汁鲜嫩。有人做过这样的实验，真正的结局不过是随着温度的升高，泥鳅逐一死去，并未一头扎进预设的坟墓之中。

这是人世的凶险，借用一条泥鳅裸呈于天下，看见的无非是人的贪欲或险诈。丰子恺有好生之德，《护生画集》中有《首尾就烹》：“学士周豫尝烹鳝，见有弯曲向上者，剖之，腹中皆有子。乃知避汤者，护子故也。”一幅简单的图画，传递出的是世间真情。

有泥鳅之称的黑叔后来做过一个梦，说是赶集回来从村口的青石板上走过，忽然刮来一阵黑旋风，人就跌进水里，那水浑浊，泛着白色的泡沫，一条条青黑色的脊梁骨在浑浊的河水中若隐若现，黑压压一层压上来，形成一股巨大的力量，任凭他如何挣扎，也不能挣脱泥鳅的纠缠，胸口一紧，从梦中醒来。从那以后，再没见过黑叔捉泥鳅、吃泥鳅。至于真相，很少有人知道。

真相就是真相，对于泥鳅来说，好像也没什么重大意义。秋凉之后的老河滩陷入一片沉寂，只听见树叶凋零的声音，秋虫弱弱的离别声。这时的泥鳅委身于泥土之下，时间对于它来说，无非是轻飘飘带走草木的生动，希望总会再来，喧嚣总会不约而至。沉寂吧，让大地封冻，让流水东去，让天空澄明，一尾泥鳅的传奇依旧在山水间延续，透过一眼小小的通孔，等待春花开，等待月光明。

一纸鹅书

白色的鹅与白色的月光，我的脑子里闪动着一种安静的意象。村庄是字根，鹅是偏旁。村庄里的生灵们都是偏旁，它们在村庄里生，在村庄里死，以此教会同样在村庄出生的我们。在一只鹅的跟前，你会突然小起来，鹅伸着长长的脖子：曲项向天歌，白毛浮绿水，红掌拨清波。就有了在水中闹腾的我们，一个猛子扎下去就看见了前生与今世。前生是一只南去北归的雁，累了倦了就停歇在村口的大树上；今世是一只在水中浮游的鹅，“鹅儿黄似酒，对酒爱新鹅。……翅开遭宿雨，力小困沧波”。

困就困了，村前有蜿蜒的小河，村后有森森的小树林，一点也没觉得寂寞。就如现在，月光的白练垂下来，垂下来，流过树梢，流过瓦当，流过寂静的木格窗棂，落在鹅洁白的羽翅上。

“鸿雁向南方，飞过芦苇荡。天苍茫，雁何往？心中是北方家乡。”额尔古纳乐队的深情演唱，就好像看见一行大雁，越过云团，穿过急风暴雨，飞过月光。雁即是鹅，鹅即是雁，这没什么不妥，只不过在迁徙的过程中遭遇了村庄。鹅，被认为是人类驯化的第一种家禽，来自于野生的鸿雁或灰雁。在我小时候，村庄里的鹅更具雁的形象，高昂着鹅头，嘎嘎走过狭窄的小胡同，目标是老河滩，目标是小树林，目标是我黑白意象里的童年。想想就让人觉得好笑，人在前，鹅在后，右手举过头顶，左手侧背在身后，腰身弓起，嘴里发出鹅的叫声，嘎嘎嘎，扑通，一起跳进小河里，溅起一行松尾芭蕉的俳句。

“小鸡小鸭，二一二八”，是老祖母经常念叨的童谣。春光下，小鸡出来了，小鸭出来了，看看孵化小鹅的草篓子还没动静，我就有点急躁，趁大灰鹅出去觅食的当口，把鹅蛋揣在胸口。天地玄黄，一只小鹅的诞生与创世纪没有什么不同。它在漫长的时间中醒来，仿佛听见风的声音雨的声音，在敲打坚硬的壳。我在回望，在回望的途中一直以为自己也来自一枚坚硬的蛋壳，世间繁华，世间寂寞，世间涌动着万物的血脉与浪潮，惊醒沉睡的梦境。人的出生是记忆的某种延续，当我开始能驾驭自己思维的时候，我就认定自己曾经是村庄里的一株草木或某种生灵。那么就醒来吧，借由一枚圆润的蛋壳，用同样坚硬的喙轻轻叩击。一声询问村庄安好，两声作别混沌的梦境，三声打开春天，让鹅黄爬满枝头。

鹅黄，是最为轻柔的色泽，鹅黄的柳芽，鹅黄的草尖，鹅黄的春日里的流水，映照着初生的小鹅。小鸡也是鹅黄的，小鸭也是鹅黄的，是不是世间所有的事物在幼年的一刻都身披一身鹅黄？那么，我的童年也可以是这种温暖的颜色，用鹅黄惊艳了村庄，而后，蜕变，成长，长成一副呆头鹅的模样。

我们村人杀鹅，老祖母说不能太随便，要在清风朗日下，要找开阔地带的十字路口，抓住鹅头，要让鹅再看看曾经飞翔过的天空。仪式不算太隆重，只不过要表达对生命的尊重。老祖母说，鹅是因为牛才下凡到人间的，当初天帝看到后稷垦田播谷实在太辛苦，就把牛派来给后稷使唤。但那时的牛并非这般温顺，属于吃人猛兽。天帝遂派鹅飞到下界，与牛调换眼睛。牛安上鹅眼，把人看成顶天立地的庞然大物；鹅换上牛眼之后，再庞大的事物都变成了一粒粒细珠，天不怕地不怕，总要嘎嘎嘎撵着叼啄。哪一个村庄里的孩子不是被鹅追着赶着长大的呢，一边回头一边跑，半夜里还被吓醒，嘤嘤哭着钻进母亲怀里。

这是魔幻主义的现实表达，一只村庄里的鹅有了缥缈飞升的魂魄，引颈就范，甚至没有挣扎，在乡野上死去。而后遵循天帝之命一次次落在凡间，以鹅黄启动大地上的春天。

老友崇信，有一年在红卫河边养鹅，沿着起伏不平的河堤，钻天杨绿着，大田里的牡丹开得正好，白的白，红的红。地面不算太大，也不小，一道铁丝网沿着河道将一群嘎嘎高唱的鹅囚禁在绿树浓荫下。来，就是为了吃鹅肉。崇信，人高马大，颇有性情，言及养鹅事业有雄心壮志，说要养殖绿色大鹅，林下有牡丹，牡丹丛中游荡着一只只肥美的大白鹅。铁锅炖大鹅，很多人都熟悉，操作也简单，剁好的鹅肉入水焯去腥味儿，锅是铁锅，劈好的木头瓣子在锅底下毕毕剥剥。

据说鹅肉曾于2002年被联合国粮农组织列为21世纪重点发展的绿色食品之一，有益气补虚、和胃止渴、止咳化痰、解铅毒之功效。我倒没在意那么多，一番盛情难却，举起杯中酒，从日上中天喝到了日落长河。如今想起，崇信似有豪言壮语，说要把养鹅业做大做强，走出县城，飞向全国，起名就叫：牡丹鹅。没曾想过了不久，听朋友说崇信患了脑溢血，再见之时，很明显言语迟钝，高高大大的身子走起来有些踉跄。那晚，醉酒的崇信疏于防范，一群鹅，有四十多只，沿着汤汤的大河去了远方。没有人知道鹅的下落，也许下落不明即是一种明确的指向，借由命运般的流水流向时间的腹地。

云林鹅是倪瓒的一种吃法，被袁枚收入《随园食单》。全鹅一只，洗净后用盐三钱擦其腹腔，塞以小把葱花。鹅身涂抹以蜜酒。锅中放一大碗酒与一大碗水，开始蒸鹅。至关重要的是“灶内用山茅二束，缓缓烧尽为度”，待锅冷却，揭开锅盖，将鹅翻身，再蒸。“再用茅柴一束，烧尽为度”。此法蒸出来的鹅肉，不但鹅烂如泥，汤汁也鲜美，只是不知这其中的茅草到底起到了怎样的法外之功？

夜在继续，一弯钩月照东墙，栖息在羊圈里的鹅们并未真正睡去。在乡村，鹅是除了狗之外最好的看家卫士。墙根下窸窸窣窣的声音惊醒看似沉睡中的鹅，只是看见影子一晃，便嘎嘎叫出声来，那声音犹如月光下的响箭，嗖的一声刺中小偷的神经。那一夜，村庄里的羊被偷走了大半，等母亲披衣而起，仍有一只鹅伸长脖颈在叫。

有报道称，某偏远地区的派出所，在加强人防、物防、技防、犬防的同时，开创了维稳工作新亮点，将“鹅防”纳入安防第一线，填补了偏远所队基层安全防范方面存在的一些漏洞。这听起来似乎有些可笑，但不可否认的是鹅的听觉器官异常敏锐，稍有动静就会发出叫声，看见陌生人进家会张着翅膀发起进攻。就入侵者来说，投药可以毒狗，但作为食草家禽的鹅却不为所动。

这是现实主义的魔幻构想，从一定程度上把鹅从被人类食用的命运中解脱出来。如果有一天，当你进入一座陌生的村庄，劈面遇见一队雄赳赳气昂昂的巡逻大军，千万不要诧异，它们只不过是在用自己的方式守护村庄。这也是鹅的本义，说文解字中便可略见端倪：“字从鸟，从我，我亦声。”“我”本义为“执戈之人”，转义为“王族”“贵族”，“我”与“鸟”联合起来表示“执戈之鸟”。

鹅换经的典故来自于书法家王羲之。王羲之喜欢鹅，不管哪里有好鹅，他都要去看看，或者直接买回来欣赏。有一天王羲之和儿子献之乘舟游历，船到一座村庄，看见岸边有一群摇摇摆摆的鹅，不禁动情，便想买回家去。王羲之询问附近的道士，道士说：倘若右军大人想要，就请代我书写一部《黄庭经》吧。王羲之求鹅心切，便欣然答应。

如此可见书圣爱鹅之心，以至于后来在他所居住的兰亭，特意建造了一口池塘用以养鹅。也难怪人家是书圣，每天看鹅们或昂首向天，或眠如初婴，或俯仰生姿，或引吭高歌，笔下也便有了自由风度。“意到形须似，体完神亦全。斯能透肝腑，落笔自通玄。”

一首《草诀歌》，很难说没有一只白鹅的身影悠游其间。

鹅与文字有缘，借用其翩翩风度从乡野的一隅飞起；我与鹅相识，就像作别多年的兄弟重逢在月光之下。一管鹅毛笔的起源太过久长，要追溯到公元前七世纪的欧洲，选用较为粗大的鹅毛管，将一端削出斜口，一端包上细绢，并逐渐成为主要的书写工具。这是西方的用法，虽然与王羲之的意蕴表达大相径庭，但从表达层面上达成了共识。

一纸鹅书，我知道自己不能详尽描绘出一只鹅的自由魂魄，但分明看见洁白的羽翅上抖落一缕月光，那月光兀自流淌，流过树梢，流过瓦当，流过寂静的村庄。

八十年代的小牛

一开始我不知道发生了什么，父亲找来绳子，喊来大成哥几个人。枣花开着，六月的天气有些闷热，让人极力想在天空打开一个缺口。杂沓的脚步声中，父亲倾斜着半瘫的肢体指挥着。大成哥拿来两根长长的木棒，铁锤手里拎着粗粗的绳子，地点在门口的槐树旁。那只一岁多点的小牛，毛皮像黑色的绸缎般闪光。有人用力抓住牛角，有人拴住牛腿，有人使劲推着，只是瞬间，听见小牛悲惨的叫声，像一堵土墙倒地。

我能记住当天的场景，因为那大略是我一生中唯一一次目睹捶牛的过程。大成哥手拿棒槌，把两只硕大的牛蛋放在木板上，捶。一下，两下，我起初还看着，后来别过脸去，听小牛的叫声一声比一声痛苦，一声比一声悲凉——这就是成长？我产生了极大的怀疑。但在日后的成长中渐渐明白了道理。无非是只剩下半个身体的父亲难以驾驭越来越雄壮的小牛，也只有这样，一头牛才能收敛起属于兽的部分，从而转化为一户农家的劳役。

生在乡村，我的记忆当然从泥土开始。二十世纪七十年代末，在安徽的一座小村落，酝酿着一件大事（这事情后来传得很远，几乎成为历史发展的坐标，几个庄稼汉，两壶白开水，一张稿纸上噼里啪啦摁下的手印，大有不成功便成仁的气势）。我们村也是受益者。分地之前，麦子在我的记忆中长成牛毛，倒是满地的兔兔酸异军突起，顺手掐下一片叶子，嚼在嘴里，涩而酸。我们家的那片地就在靠近盐碱窝子的地方，这有赖于我的手气。开会，队长牛二把阄放在草帽里，我赖在母亲怀里，母亲说，去抓阄。我就伸出脏兮兮的小手，将一家人的命运展开，那片地就成了我们家最早的一块地。

我说的捶牛发生在几年之后。去势是一个专用名词，意即将动物以外来方式除去生殖系统或者使其丧失性功能。《周礼》中就提到“攻特”和“攻驹”，“特”指公牛、公马。而眼下这只可怜的小牛光滑的皮毛瞬间失去了光泽。我瞄向那对牛蛋，通红，肿胀，散发着冷冷的光，似要爆裂开来。父亲脸色凝重，在把拴牛的绳子交给我的同时不住地嘱托：慢走，别停下，也别让它躺卧。我严格遵循父亲的叮嘱，一个人、一头牛缓缓走出村外。天空没有一丝风，我牵着那头刚刚经历过酷刑的小牛走在老河滩上，鸟儿在飞，河水在流，我一次一次回头看牛，牛的目光枯涩而倦怠。偶尔会停下，

我把绳子高高拴起，以免牛躺卧下来，我给它梳理皮毛，它却浑身打着寒战。

我能看见那个夏日的黄昏，和莫言在一篇叫《牛》的小说里表达得一般无二，那个叫小黑孩的孩子或许是我，一次次唤醒想要耷拉下眼皮的牛，拽紧手中的绳子，向着夜幕笼罩下的村落走去。

牛肉对于我们村来说是奢侈品，但并不能抹去广大人民对它的喜爱。好像一说起牛与牛肉就与力量相关，《水浒传》从某种意义上来说是一出妄想用侠义之气改变王朝腐败的民间大戏，你与我义结金兰，我与你生死与共，到头来却上演了一出悲情童话。但这丝毫不影响民间大厨黑叔的喜爱，“先切二斤熟牛肉来！”黑叔把被茉莉花茶染成酱色的杯子往木墩子上一蹾，模仿风雪夜在梁山泊外朱贵酒店点菜时的林冲说。

按照黑叔的讲述，《水浒传》就是一段喝酒吃牛肉的故事。人海茫茫雪茫茫，曾经的八十万禁军教头不得不亡命江湖，生死不管，且不如大喝一声，酒肉穿肠。面黑身矬的宋三郎更是豪气，“切三斤熟牛肉来！”谁的人生不悲凉，拉杆子上山也需要一副好身板。更有好汉武二郎，“先把好牛肉切二三斤来吃酒”，肉吃完，酒喝干，一根哨棒上了景阳冈。还有，黑叔抿了一口茶，没想到以打鱼为业的阮氏三雄也喜欢吃牛肉，村旁小店，来十斤“花糕也似肥牛肉”，接受了军师吴用的盛情邀约，接任梁山水军头领。

这是一个逐层晋级的过程，一块块散发着侠义之气的熟牛肉充当了熊心豹胆，大旗一扯，成就了一番江湖传奇。

实则不然，漫长的农耕时代，耕牛作为主要的劳动力，极大程度上解放了劳役之苦。烟青色黄昏下，一头牛从懵懂走向宿命的成熟，它不可能逃脱，不要说为奴十二年，只要还剩下一口气，就要往前走。由此，在古代很漫长的时间里，都禁食牛肉。各朝都有法律明文规定，如有供应牛肉的都是黑店。在秦朝，盗牛、屠牛者斩，食牛肉者罚；在隋朝，屠牛者判入狱一年；在宋朝，屠牛者判入狱一年半，并发配千里；在明朝，屠牛者杖责一百，入狱一年半，流放千里。

如此看来，在古代吃牛肉是造反与背叛的象征。这就难怪水泊梁山的一众好汉为什么那么爱吃牛肉了。

分田分地，很多闯关东的乡亲返归，想要在曾经生活的土地上安下身来。队里建了几座牛棚，那些早出晚归的牛们神色疲倦，与村子里的人神情相差无几。也许接下来的日子就好了，也许每人都能分得一块属于自己的土地，耕种，劳作，再也不用躺在垄沟里睡觉、纳鞋底、说笑。

探花爷一家住在牛棚旁边一座低矮的屋子里，向东是一座盆窑厂，日夜冒着浓浓的黑烟。那是我第一次经历死亡，门前吊着一挂草苫子，狭小的窗户冒出白色的烟雾，有人在哭，跟着从东北归来的探花爷的母亲就躺在那座黑乎乎的小房子里，再也没能醒来。

就在探花爷家的门口，悲伤不能掩饰住人们的焦躁与喜悦。分完田地分牲畜农具，我家分了一架犁杖，一挂牛轭，还与五叔家一起分了一头瘦骨嶙峋的老牛，后来变卖，父亲又添补了一些，买回一头黑色的小牛。

我对父亲耕地时的印象颇深，那牛好像明白父亲的心思，一声唤，稳稳停在地头，套上牛轭，系上缰绳，挂上犁杖。父亲在偏瘫之后近乎失语，但能喊出简单的咿咿、嚯嚯，咿咿是向左，嚯嚯是向右，人与犁，犁与人，形成一条直线，笔直地在田野上耕耘。我能想象出父亲的努力，在我们尚未长大成人之前，那头牛就是他的左膀右臂，铡草给它吃，牵到河湾里在月光下洗刷黑色的皮毛。那牛仿佛也忘记了去势时的疼痛，或者在朝夕相处中原谅了父亲，原谅了整个世界。

还有一头早夭的小牛，在人们忙于分这分那的当口死去，我不能记住太多的情形，只记得探花爷家门口鲜红的血。盆窑厂的黑烟和探花爷家飘出的白色烟雾纠缠在村庄的上空，形成黑白莫名的云团，大人的脸上有掩饰不住的惊喜，小孩的脸上显示出死亡带来的惊恐。那晚的餐桌上，相信很多人家都多了一份牛肉，水煮或者红烧，每个家庭在打完牙祭之后掀开新的篇章。

那应该也是我第一次吃牛肉，却忘记了味道，尽管很多次想要回到梦中寻找，却没有任何蛛丝马迹。但我宁愿相信，那是一次庄严的献祭，告别旧时光，灵魂飞升，最后脱胎成我们家的那头小牛，作为父亲的长子或兄弟，负重向前。

土狗笔记

人有人命，狗有狗命。人生在乡下叫乡下人，狗生在乡下叫土狗。城里的月亮并不比乡下圆，这一点狗都知道。安天命，近狗意，踟蹰在村庄侧旁，对着月亮叫几声，在柴草窝里安然睡去。

那是一个绵长的梦境，有些真实，有些虚幻，有些空空荡荡。天是昏黄色的天空，地是昏黄色的土地，突然降生，并未让一只毛茸茸的生命感到新奇——应该就是这样，所有的生命延续，不过是时间长河中一朵小小的浪花，几乎可以省略，你哭也好，笑也好，日子总得向前走。但母爱是温暖的，懒得睁开眼睛，像一只柔软的毛毛虫往前拱，衔住干瘪的乳头吮吸。生命就是用来攫取的，至少开头是这样。

土狗的原名不叫土狗，叫中华田园犬。这是一个稍微复杂的短语。中华的语义广博，从水势浩荡的黄河上游开始，绵亘到宽阔的入海口。所谓田园，就是放眼望去漫山遍野的花草，和正在拔节生长的庄稼。鸡呀，羊呀，牛呀，在田野上吃草，男人和女人在田里耕耘，只留下年幼的孩子和狗，在篱笆织成的院子里看家。

再早一些，田园犬尚未泯灭先祖东南亚狼的兽性，“老夫聊发少年狂，左牵黄，右擎苍”，可以辅助狩猎，流线型的奔跑绝对不逊于一只勇猛的苍鹰。据说秦始皇当年统一中原时牵的就是这种狗，旌旗招展，一只黄犬相伴左右，见证了杀伐征戮，见证了一统六国，见证了烈焰熊熊烧死一帮爱说话的书生。狗不能出手，狗只为自己的主人服务，这是天性。但它一定能读懂李斯的哀恸。东门黄犬，暂不管遭人陷害还是天命若此，腰斩的大刀已然举起。“吾欲与若复牵黄犬俱出上蔡东门逐狡兔，岂可得乎？”再也不可能了，只是可怜了身旁一同受刑的儿子，风雨四十年，辅佐江山，换来的却是身首异处。这时人与狗的天平骤然颤抖了一下，一只黄犬在村外的乡间小路上悲鸣。

乡间多么好，一只狗从出生到长大并不需要太久。燕子飞来是春，老河滩上的梨树桃树，用花朵热烈地表达爱情，这纷纷的情欲啊，融化了小河里的薄冰。看守家园是必要的，一夜鸡鸣预报着更次，院墙外的脚步声偶尔响起，不过是晕三刚从外乡讨饭回来，隔着墙头扔进来一张薄饼，汪汪两声，算是对上了暗语。蟋蟀低鸣是秋，一转眼田野里的庄稼收了大半，落叶飘零，那一日路过老九爷家门口，进去看，春天在半坡上的油菜花田里追逐的黑狗，腹部已经鼓了起来，眼里散发着柔和的光。老九爷什么都懂，磕了下烟袋锅指着说："舒坦了吧，以后领着你的狗子狗孙可街跑。"

相邻村子的人家扯巴扯巴大多能攀上亲戚，七大姑八大姨，说来说去也远不到哪儿去。一个村子里的狗也大多都是狗亲戚，一旦看见陌生人身后跑着一条陌生狗，就会当成来犯之敌。这时的狗叫等同于战争之前的号角，一声唤，从土墙下的狗洞里、胡同里、正在老河滩上放牧的羊群里，奔跑而来，叫声连着叫声，尘土搅扰着尘土，没等开战，陌生狗便夹起尾巴箭一般窜出二里地。

丧家狗，很是形象地描述了此时的状态，在强大的势力面前，任你英雄好汉也不得不低下头夹着尾巴做人。孔子到了郑国，与弟子们走散，不得不一个人在城门外逡巡。恰好被一位郑国的人看见，做了如下描述："东门有人，其颡似尧，其项类皋陶，其肩类子产，然自要以下不及禹三寸，累累若丧家之狗。"子贡也诚实，如实告诉了老师。没想到老师很大度地说，是啊，是啊，形体虽然说得不大形象，但此情此景却极为确切。这是圣人的幽默，一语道出处境之难，周游列国，却无法落实自己所坚持的施政纲领。

一只狗在田野上奔跑，仿佛具备了某种灵气，它会在主人远行时在家门口等待，耳朵伸向风中。第几日了，老槵树上的花开得正好；第几日了，米黄色的花朵洒落一地，耳郭中传来咚咚的声响。没错，每个人都有属于自己的声音、气息。那么，狗也一样。狗与狗生活了太久，已经熟悉了彼此间的气味，第几根电线杆下是老九爷家黑狗留下的气味，老河滩上的第几个桥墩上的气味是树根爷家老黄留下的，虽被夏日浑浊的河水漫过，仔细嗅，仍然留下了蛛丝马迹。这时的狗无比悲伤，在同行的路上眼看着失去了在乡间玩耍的伙伴，对着月光孤独地叫了几声。非为庸人自扰，谁能看见自己的明天呢？从一条闪电的身影变成馥郁的狗肉香，香味淹没了整个村庄。

狗肉治水痘，我怀疑是某个调皮的乡下野孩子发明的。连日来睡意沉沉，身体像灌注了铅水，明亮亮的水痘子长在额头、肚腹，身上烧得烫人。娘在急切地呼唤，握紧一双嫩生生的小手——小乖乖，想吃啥，娘去给你买。小脑瓜猛地一激灵，想起来二道桥上屠夫胡三家香喷喷的狗肉，眯着眼，用哭腔说只想吃狗肉。奇了怪了，眼看着水痘结痂，一个个脱落，娘的欣喜难以言表，逢人便说："水痘子，嘁！好治，胡三家的狗肉。"于是作为偏方在乡间流传开来，胡三家的狗肉生意越做越红火。

至于是否有效，尚待考证。但游历千山万水的李时珍分明在一本砖头样的大书里对狗毛做了简要描述：狗毛药味辛、咸，性平；归心、肝经；有截疟、敛疮的功效，可用于止痛、消肿。主要用于治疗疟疾与烧烫伤。某年夏天，夜色如墨，东北来的香婶给老九奶送晚饭，我开始捉迷藏，一头顶在香婶怀里，一碗滚烫的热粥洒落，浇在肚皮上。母亲焦灼，三大娘慌张张回家剪了狗尾毛，火烧，用灰烬敷在烫伤处，至今尚有一块亮白的疤痕。

狗意切切，在主人背过脸去时尚未知晓将会发生什么事情。屠夫胡三有着乡间最好的手艺与伎俩，用假装善意的眼神逗引一只狗，请君上套。杀狗的过程，是一段人间死别："一张长长的刀叶就送进了 / 它的脖子。它叫着，脖子上 / 像系上了一条红领巾，迅速地 / 窜到了店铺旁的柴堆里……"这是诗人雷平阳的诗句，用最简单客观的语调讲述一只狗如何与人间作别。

食用狗肉的记载颇早，在浙江河姆渡氏族遗址就发现有狗的骨骸。据考证，甲骨文中也有相关的记载，“其宁风，三羊，三犬，三豕”，可见作为最早的牺牲，狗用自身的血肉书写了饮馔史。战国时期的朱亥，汉代的樊哙，各执一把明晃晃的牛耳尖刀，开创了属于自己的时代。狗肉不上席，在我们村特指一个人因个人形象问题上不得台面，但在宋朝几乎等同于法律。说是宋徽宗因为生肖属狗，为了避讳而禁止民间杀狗食狗肉。朱弁在《曲洧旧闻》中记载：“崇宁初，范致虚上言：‘十二宫神，狗居戌位，为陛下本命。今京师有以屠狗为业者，宜行禁止。’”岂知因自己的软弱早已养虎为患，金兵来袭，不得不丢下手中的毛笔、画笔，“家山回首三千里，目断山南无雁飞”。

归乡无路，一只狗走在狗生的边缘。生，难以忘记灯光昏黄的柴草窝，麦草散发出淡淡的香甜气息，那么多狗兄狗弟依偎在一起，眼神清澈。奔跑是生命的必须，为生活，为快乐，在麦浪起伏的田野上追寻爱情的气息，这一脉相传的忠诚，只因骨子里从未修改的基因密码。死，是迎向血光染红的黄昏，人生自古谁无死呢，何况一只在乡间奔跑的土狗，田园梦断，那节节高的芝麻花，那总也追不上的野兔，都化作眼前一缕风，伴随秋叶飘零。

我能记住的，是家里养了多年的一条老黄狗，打狗队来，我带它藏进了杞柳深处，算是躲过了一劫。总归要老去，大姐出嫁的那天，我怀揣一块玉米饼站在空旷的老河滩上，它努力睁开浑浊的双眼，抬起头，喉咙间似有言语在滚动，终未说出。秋风在吹，一片又一片金黄的树叶飘落，将它掩埋。

沸水里开花，
草木之香入梦，
我在一片叶子下酣眠，
醒来已是地老天荒

作料部

第四辑

酵母是一只叫乡愁的小虫

像一只风铃挂在门楣，土墙静默，门框上的春联因为时间的漂洗斑驳了颜色，爆竹声声辞旧岁，春风送暖入屠苏。谁知道是什么季节呢，时间往往在记忆中斑驳陆离，记忆往往在时间中互为交错。母亲嘱我踩一只高脚板凳将酵母取下来——你知道，我说的是一种叫酵母的事物。

我们村的日子离不开酵母，经常会有人隔着墙头喊一声：花妮她娘，一会儿去你家掰点酵子。这话语中没有虚假的客套，也没有商量的余地，好像一座村庄就是一家人，你家缺了油盐，我家少了酱醋，跨过低矮的墙头来拿就好。

我母亲有两件事可以说在村子里口碑极好，一是女红，男娃的老虎帽子，女娃的花棉袄，谁家后生新婚的铺盖，有求必应。不过是一天半晌的时间，回家来把放在针线盒里的针线取出来，人家从兜里掏出来一把花生或者糖块，算是一点小小的谢意，同时也满足了我童年的味蕾。还有就是母亲做的酵母，用六奶的话说，蒸出来的馒头一点也不酸，有那么一点香，还有那么一点甜。这点我是确信无疑的，吃了几十年馒头，还是母亲做的馒头好。究其原因，就是母亲留取的酵母好。

酵母也叫面种，就像世间所有的事物，究其根源都有自己的生身与来处。4000 多年前，古埃及人开始利用酵母酿酒，制作面包。中国也在约 3500 年前开始学会利用酵母酿造白酒，用酵母做馒头的历史要晚一些，大概在汉代。

我母亲不管这些，只是等到梅雨季节过后，从池塘里采来几片青碧的荷叶。面，是新打的麦面，掬了一瓢倒进陶盆里，蒸腾似雾，就听见了清明的拔节声，就看见了麦浪起伏，一家人在月光下起身，把繁忙的身影来来回回丢在麦田里，收割，碾压，摊场，在风中簸扬，收获粒粒橙黄。酵母，此时应该叫酵头或者面种，一座村庄所用的酵母都来自于同一块面种，就像一座村庄里的人都有一个同样的祖先，小心翼翼，在风中流转，到了母亲手里仍然没有失去生命的温度。母亲把面种发好，添水，和面，做成几个同样大小的面团，用荷叶包起来，用一束芦苇叶拴系起来，悬挂在门楣，就成了风铃的模样。

有时我想，那些小小的生物是如何在面团中生存的，透过从荷叶折射进来的微光，一生二，二生三，三生亿万个微小的个体。更加科学的解释是，酵母菌是一群单细胞的真核微生物，以芽殖或裂殖来进行无性繁殖。

而我更愿意把酵母想象成一只小虫，节气在轮转，时间在行走，一只小虫把火炬传递给另一只小虫，就形成一座微型的村落。在暗处，它们呼吸，生长，将彼此的命运紧紧拴系在一起，用以抵御岁月的风寒。夜来了，墙角的蟋蟀鼓腹而歌，挂在门楣的酵母团便以为自己也是一座小小的星球，在与星光的对望中从未偏离航道；天亮了，母亲或父亲抓起一把农具直奔田野，星球里的小虫们醒来，也有了想要飞翔的冲动。

没错，是飞翔。从3500年前的月光下启航，飞过汉宫秋月，那时的面食统称为饼。“饼，并也，溲面使合并也。”（《释名》）意思是将经过发酵的面合并后，再加工成熟。因为烹制的方法不同，又产生了不同的名称：火烧而食者，呼之为烧饼；水煮而食者，呼之为汤饼；蒸笼而食者，呼之为蒸饼。

诸葛亮南征将要渡过泸水河时，若按当地的风俗是要用人头来祭拜神灵的。诸葛悲悯，用猪羊肉馅的蒸饼画上人头，代替“蛮头”，就有了馒头的名称。这些记录在高承的《事物纪原》中。

这就是我们村的馒头了，只不过隐去了刀光剑影，作为一种最为平常的食物用以果腹。

母亲做馒头，若是温度刚好，把面种掰碎了泡上，做完农活回来开始和面，面要醒，就像我想要写下一篇与记忆有关的散文，会先在本子上记下几个相关的词语，那些词语相当于尚未苏醒的酵母，有了合适的温度，足够的时间，会准时醒来。写作的过程，就

是将面团揉到足够的韧度，线索深埋，情感深埋，只待词语勾连成串，句子布排成篇，便会如你所想呈现在面前。当然，火候是重要的，谋篇布局是重要的，写作的成熟度是重要的。

若是冬天，母亲会把和好的面放在被窝里，把寒冷阻隔在外，让酵母的小虫在被窝里苏醒。它们跳跃，恰若精灵，在柔软的麦面中为村庄歌唱，以至于掰开一个个馒头，你还能看见它们游走之后留下的气孔。

而发好的面团对于一只羊来说是致命的。我出门玩耍，忘记关上房门，回来看见母亲正站在瘫倒在地的一只羊的旁边。那只羊肚大如鼓，母亲使尽了各种方法，也没能挽救它的生命。

故乡是一种酶，而附着在胃壁上的便是故乡的食物。曾经有几次去到南方，接连几天吃了当地的食物，胃囊萎缩成小小的一团，海鲜，大米，都不能替代面食所带来的食欲，只好匆匆逃离，在北方的火车站旁边狼吞虎咽地吃上一碗面或者两个馒头，这才深感家对一个人的重要。

转眼，腊月到了，“二十八，把面发”。母亲早早喊我起来和面，正着，叠着，旋着，几乎使尽了全身力气。这一下就备足了从初一到十五的主食。枣花糕是献祭神灵的，摆放在供桌上，寓意红红火火步步登高。馒头上点三五个红点，这是来自袁枚的启示。他的《子不语》记载道：有一家人置办贡品，蒸了一笼屉馒头，揭开锅盖馒头渐渐抽缩，甚至缩成核桃状。老年人说，这是恶鬼抢食，用朱砂点上红点鬼就不敢抢了。父亲坐在灶膛前，多年的烧火经验让父亲谙熟了火候之道，大火烧开，慢火煨熟，掀开笼屉，一世界满是麦面的香甜。

我知道，众多的事物在大地上慢慢老去，就像父亲和母亲，一旦在村庄里消失了身影再不会回来。幸好记忆不老，一个人在回溯的过程中会遇见太多熟悉的事物。包括一只叫乡愁的小虫，在寂寞的屋檐下醒来，伸展触角，抖落翅膀上的灰尘，正沿着一场浩荡的麦事飞来。

作料，佳丽之书

粗盐有味

什么东西一到乡下就被冠以粗字，粗布，粗面，粗粮，粗人，就像一位拔腿上岸的农人，走遍天涯海角也抹不去刻在眉头上的符号：农民。

盐是味之王，对此村里人有着不同一般的偏好。精盐太贵，乡下的日子紧巴，每到盐罐子快空的时候，就等着卖私盐的小贩上门。驼背老罗把车马在集市上的小旅馆安放稳妥，一个人沿着夜色进村，就像做什么见不得人的勾当。六爷说，不就是盐嘛，哪个龟孙不吃盐能活。驼背老罗左右瞅瞅，可不敢张扬，六爷，称几斤？

一会儿我给你送上门。

村庄是泡在盐水里的，时间久了，土墙上泛起一层白白的硝盐。眼窝子太浅，悲了哭，为亲人离世再难重返；喜了也哭，孩子好不容易考上大学，止不住老泪横流，泪水流进嘴里，苦咸苦咸。活在世上最难，托生成牛马，托生成一个庄稼人，整日里忙东忙西不得闲，一身臭汗晾干就是一层盐花子。

盐入味，一层芥菜疙瘩一层盐，天就冷了下来，时间就慢了下来，一缕无影无形的味道伴着星光日光渗透进岁月深处。每年，母亲总是会腌上一些咸菜的，胡萝卜，白菜，豆瓣酱，腊八蒜，哪一种也离不开盐的辅佐。吃腊肉，外面裹上一层面糊入油炸，一嚼一嘴油，又咸又香。以至于后来的我只要东西味道太过清淡就无法下咽。我知道，这是粗人才有的感觉。可是有一句话叫粗中有细，吃粗盐长大的人并不一定没有细腻之心。

盐，也叫卤，这就比较形象了，在地壳的更迭中，潮水渐渐退去，结晶出透明之盐，不遇温柔之水绝不改变其形。所以从某种意义上来说，盐有足够的坚贞，对尘世之爱，对村庄之爱，对万物之爱。《甲骨文合集》第5596片上记载："卤小臣，其有邑。"说的是商王问卜，负责盐的人可不可以有座封邑。《说文解字》又说："卤也，天生曰卤，人生曰盐。"又把盐做了一次精细划分。

但无论如何，盐是咸的，一入烹门深似海，属于垂帘听政的太皇太后。

但有人偏偏不信。南北朝的詹鼠因厨艺精湛，被民间称为厨神。有一天隋文帝召见他，问天下什么东西味道最美？詹鼠说，盐。一下惹恼隋文帝，说盐不过是最为普通的东西，肯定是詹鼠在忽悠他老人家。推出去，斩立决。詹鼠被杀，御膳房的一帮厨子慌了，没有一个人敢在皇帝的菜肴中加盐调味。隋文帝接连十几天吃着无盐的菜，浑身无力，腰膝酸软，精神萎靡不振，遂后悔不已，追封詹鼠为詹王。

看来被皇帝追封不是什么好事，伴君如伴虎，说不定哪天就会脑袋搬家。

我家牛也吃盐，父亲说天天出力流汗哪能离开粗盐，一把粗盐一瓢面，拌进草料。我在想，我们村的人大概都是牛马托生的吧，六世轮回，还是投胎在一座不起眼的村庄，菜是咸的，泪水是咸的，血汗是咸的，乃至化为脚下的泥土，也会泛起一层盐白。

粗盐有味，抓一把投进沸腾的、火热的生活，日子有多少苦难便有多少欢乐。

美人如饴

我爱吃糖，这说起来有点不大般配，五大三粗的汉子，一看见糖就口舌生津。夜很黑，母亲蹲下身，我便伏了上去，好像整个童年就是在母亲的脊背上度过的。

去六奶家，六奶用枯枝样的手指在我脸上摩挲了一下，在枕头底下窸窸窣窣捏出几粒冰糖。糖真甜，这近乎一句废话，口水化成糖水，冰糖碰撞牙齿，有形有色有味，是我对糖最初的理解。学校门口有一家代销点，我捏着一张皱皱巴巴的一毛纸币，店主人抓了一把糖块在柜台上数数。我想，数错了才好，多一粒就多出一大截时间的甜。

虫吃牙，这是我们村劝诫小孩少吃糖屡试不爽的办法。我不信，几十年倾心，一往情深，就因为那美人如饴的甜。在舌尖上化开，仿佛春风拂过，在齿缝里缠绵，像是流过一条甘甜的小溪。说白了，糖只在停留口中时才觉甜味，进入五脏神庙，留下的是往事难回味。

糖如美人，既不凌高蹈虚，也不巧言令色。用于烹炒，你加便加，全凭个人自由。但到了江南是个例外。蟹黄小笼包，苏州十碗面，鲜香味浓里忽然跑进来一位绝色美人，甜得有点腻，让人摸不着头脑。我也是少见多怪吧，相对于北方的浓油赤酱，江南的甜有一缕淡淡稻花香，让我的味蕾发生紊乱。

在我们村，吃糖是件奢侈的事情。去有老人的亲戚朋友家串门，提溜两包白糖，清肺败火。红糖自有他用，哪家新添了婴孩，断断不能少了两包红糖。我嫂子坐月子，小米粥里加红糖，让我感觉到做女人很幸福，吃不完的鸡蛋红糖，日子像天堂。有记载，唐天宝十二年，鉴真东渡，有方物蔗糖二斤十两三分，献给东大寺，同时也把制糖方法传给了日本人。

蜜为糖首，作为天性，蜜蜂传授花粉的同时酿制了蜂蜜，这给人类带来了窃取他人果实的好时机。那些嗡嗡的蜜蜂肯定不懂，自己的劳动成果有一天被替换成人工白糖，想想就让族群悲伤。阿薇在微信群里说，今年弟弟采的野蜂蜜又要下来了，且发来采割野蜂蜜的图片。南朝梁陶弘景《本草经集注》记载：“石蜜，即崖蜜也。高山岩石间作之，色青、赤，味小，食之心烦。其蜂黑色似虻。又木蜜，呼为食蜜，悬树枝作之，色青白，树空及人家养作之者，亦白而浓，味美厚。”说的大概就是这种，挖一勺放进嘴里，浓得化不开。

蜜与苦瓜同食，先是一缕风掠过舌尖，后搅起池塘之水，苦在水面荡起涟漪。人在50万年发展的过程中尝试各种味道，且对此兴趣未减，甜了想苦，苦了想甜，没尝够人世之苦，先要让味蕾一半是海水一半是火焰。

美人如饴，只是当下的美人好像发生歧义，可以通过各种医疗手段整容，接，填，挖，补，把一具好好的身体做成花瓶模样。我还是喜爱甜食，天然的，带有乡野之风的韵致。

酱油，后宫心计

北方人做菜，浓油赤酱成了一种风格，盘子端上来，香里透着红，菜有酱色，肉有酱色，看起来赏心悦目。江南菜寡淡，盐味薄汤色浅，取其原色原味。我先是喜欢浓油赤酱的热烈，饱含生命热情；后喜欢清汤挂面，绕来绕去，还是要回复到本质的纯真。

酱油与酱是两个不同的概念。“醓醢以荐，或燔或炙。嘉肴脾臄，或歌或咢”，这是《诗经·大雅》里的句子，说是送上美味的肉酱大家来品尝，或烧或烤味道都不错。还有牛胃与牛舌，让我们唱吧，击鼓共欢笑。

酱油是偶然发现的，相当于后宫挑选秀女，在一次深入民间的过程中发现水流旁有一位浣衣女子，眉是眉眼是眼，虽无大家风韵，也有芝兰香草气息。也就皇宫才有这样的嬗变情节。在制作肉酱时发现沉淀后上面浮起一层酱色油水，也就是酱油的前身。因其口味独特而渐渐流传至民间。倒是农人的日子寡淡，吃不起肉酱，便改成了以大豆为原料，风味相差无几。

我家做菜，因为日子紧巴，白菜萝卜少见肉味，母亲就让我去打酱油。代销点在另外一座村庄，不走正路，沿着坑边，把酱油瓶挂在脖子上，一路连滚带爬，灌了五分钱酱油。到现在我还记得代销点的味道，阴暗的空间里弥散着一股陈年酱油味。打酱油不知从何时起成了一个专有名词，有事不关己高高挂起之意。这里面分两种：一是无知，不分青红皂白；二是只能对某些事情保持无奈，管也管不了，只好专心去打自己的酱油。

这就引出了酱缸，柏杨在《中国人史纲》中说："中国悠久而光辉的文化发展，像一条壮观伟大的河流。公元前二世纪西汉政府罢黜百家，独尊儒术时，开始由灿烂而平静。十二十三世纪宋王朝理学道学兴起时，开始沉淀。十四世纪末期，这河流终于淤塞成为一个酱缸，构成一个最庞大最可哀的时代。"这并非片面之言，你信或不信，酱缸就在那里；你染或者不染，全凭个人意志。

此时的酱缸有些无辜，原本是盛放用豆、麸皮、麦酿造的原味酱油之物，一下子生出了混沌与茫然，各色人等游弋其中，各种面孔唯利是图，在寻找最佳的上位时机。

后宫心计，酱油入菜可改变原有的味道与色泽，就像那位浣衣女子，一入侯门深似海，不得不动用心机，只为博君一笑。此时画风大变，嫩白的豆腐，生鲜的五花肉，一经酱油的晕染便呈现出一抹古典的酱色。

宋人将加工酱和豉得到的酱汁统称为酱油，并形成加工规模，使得酱油在各地流行。到清代，酱油的使用已经远超过酱，袁枚在《随园食单》的众多菜谱中出现了醇厚的酱色。酱肉一条写道："先微腌，用面酱酱之，或单用秋油拌郁，风干。"是说制作酱肉先用盐腌一下，再用面酱涂抹肉身；或者单独用酱油腌浸，而后风干食用。

我母亲只用酱油腌辣椒、腊八蒜，食用时，打开泥封，便飘荡出一缕醇厚的酱香。

醋，一杯苦酒

醋是后宫里的婕妤，有小性子，每遇不顺心事，便杏眼圆睁，娇嗔一句：奴家这就死给你看。一边说，一边透过鸳鸯帕子乜斜得罪她的那个人。若有情谊，那人一定能懂；若无情，就算你倾了醋缸子也没人来管。

我最不能见酸物，山楂、五月黄杏、青梅，远远看见，空气中便飘来一股铺天盖地的酸味。牙快要倒了，满口生津。望梅止渴似乎有那么点儿道理，通过表象的启迪，给味觉以小小的欺骗，只是撑不了太久，该渴还是嗓子冒烟，该饿还是五脏庙磬响钟鸣。

我们不做望梅止渴的事情。老师在讲台上讲秋天来了，一群大雁往南飞，一会儿排成"一"字，一会儿排成"人"字。我们也排成"一"字，装作认真听讲的样子，拿本书挡在前面，从怀里摸出一根橡皮筋，塞进嘴里。你知道，这是孩子才有的小伎俩。橡皮筋的一端连着一个汽水瓶，汽水瓶里装着自制饮料，白糖不成，甜得不够。代销点里有糖精，五分一包，可灌制同类饮品若干瓶，以供整个夏日之需。到了这个季节，母亲买的醋用不了几天就会见底，拿起瓶来晃荡：咦，这才吃了几天，赶紧去探花爷家买，今天吃凉面。

一份糖精，一份醋，然后灌上井拔凉水，可伴随童年的一整个夏日。

醋来源于谷物，从甲骨文、钟鼎文中酸酸楚楚一路流淌，路经民间与庙堂。宫闱里的醋太过狗血与惨烈，一坛陈年老醋能倾覆一座江山。还是乡村里的醋来得直白，醋熘白菜，凉拌黄瓜，一碗井拔凉面，炎炎夏日，一丝清凉入喉，染绿了南岗子上的一片田野。

醋有数种，米醋、麦醋、曲醋、糠醋、糟醋、饧醋以及桃醋、葡萄醋、大枣醋等诸杂果醋，一路下来可成《说醋全传》。我们村的醋多是麦醋。对于大麦醋，《本草纲目》集解藏器记载：用大麦米一斗，水浸蒸饭，罨黄晒干，水淋过，再以麦饭二斗和匀，入水封闭，三七日成矣。跟我写一篇乡土散文的时间差不多，立下主题，搜集素材，寻找落脚点，剩下的日子在脑子里发酵，仍不耽误理发、耕田。

较为详细记载酿醋法的是《齐民要术》，其中不仅有许多“苦酒法”，还有许多制曲酿醋法。秫米（黏高粱）神酢法、粟米（带皮的小米）曲作酢法、回酒酢法和神酢法，凡二十三种，都能通过蒸煮、发酵、淋的过程提取出谷物精魂，让一缕缥缈的醋魂在乡村夜色中飘荡。

探花爷会酿醋，虽不识字，但会淋醋，相当于半路出家的文学爱好者，通过耳濡目染，将乡村风物、人间百味倾注于笔下，遑论好坏，只要能翔实记录下我心目中的乡村就好。

要在深夏，雨季带走了满世界的黏腻，厨房门口的那株枣树上挂着细小如青豆的果实。探花奶颠着小脚在厨房里进进出出，将泡了一夜的黄豆煮熟，与面粉、麸皮一起搅拌，加水调和，制成饼状，平铺，用备好的荷叶盖好。这是作曲、制醋的第一要略。等做出来的曲饼上生出很多黄绿色丝线，探花奶说，好，长醭了。

农历七月七，不知道探花爷为什么会选择这样一个日子，牛郎七仙女的日子本来难熬，一年 364 天隔河相望，好不容易等到了这一天，探花爷开始酿醋。大麦蒸熟，加醋曲放置在干净的土瓮中，过不了多长时间开始发酵，变暖，插进去烫手。加水，盖好瓮口，继续放置两天，压榨出其中的清液。持续放置的日子里，整个土瓮都热起来，探花爷让探花奶用冷水浇淋土瓮外壁，让它冷却。这时液面上会泛起白沫，要及时清出。

满一个月，神醋可食。留够自家用的，探花爷把剩下的装坛送到各村的代销点。

“吃得三斗酽醋，方做得宰相”，是《官箴》里的一句话，透着浓浓的成功学意味。我们村里的女人可不管这些，吃醋就吃干醋，眼里揉不得半粒沙子。宝贵叔去东北当瓦匠，领回来一个女人，还带了一个三岁多点的小姑娘。宝贵婶子一手拿着敌敌畏，一边指着宝贵叔，今天有她没我，有我没她，你个龟孙看着办。村里人来调解，好说歹说，把女孩留下，那女子便眼睛红红地走了。

据说，醋最早源于酒，稍有不慎，酿出来的酒味道发苦，带着浓浓的酸味，所以古称苦酒。这时的日子也是一杯苦酒，一口咽下，可供余生回味。

花椒定情

花椒是一位灵秀女子，山野也好，平原也罢，往那一站，便有了田园风情。当下的文艺青年颇多，一卷草木册页，一段王子公主的童话便能怅惘许久。这和花椒不是一个层次，花椒是古典的，气息中就有那么一缕椒兰之香，即使阴雨绵绵，也不能左右花椒姑娘的明媚心绪。

我家老院就有几株花椒树，起先是一株，后来根须绵延，长成了一围篱笆墙。母亲在春天修修剪剪，尽量不让旁逸斜出的枝条触及旁人，花椒有刺，这就把院里院外分割开来。花椒树上可晾轻薄的衣物，二姐的碎花小褂，父亲的绑腿，还有我小时候戴的老虎帽，脑门盖上一个“王”字，到底也没能变成百兽之王。现实意义上，花椒树起了看家护院的作用，一头猪或一只羊看见葱郁的绿满心欢喜奔过来，才发现枝条上长满了尖刺，不得不叹息一声远去；精神意义上，花椒树是我们家的一抹点缀，老土屋，矮土墙，兀然冒出来那么一丛青绿，简陋中就多出来一缕生机。

花椒麻，辣椒辣，近乎一句废话。但看你用哪种烹饪方法。油入锅七成热，入花椒，再入葱姜，称之为爆锅，轰然一声锅里起火，这是经验丰富的厨师，老道地把切好的蔬菜投进锅里，清香麻辣。

我爱吃花椒，炸透的花椒入口，耐嚼，一缕微麻爬上舌尖，就像青春期的萌动；再后来是野菜的清爽，有田园风味。花椒性温，有温中散寒、健脾除湿、止痛杀虫、解毒理气、止痒去腥的功效，这多年忙忙碌碌的胃耐得住清贫也经得起山珍海味的考验，全凭童年时一把红红的花椒。

花椒在先秦，“凡种数千枚，只有一根生”，可见其珍贵。“选其馨香，洁其酒醴”，制成花椒酒，用来祭祀先祖与神灵。此时的花椒树与芝兰齐名，载入史册。屈子在《楚辞·九歌》中写道：“蕙肴蒸兮兰藉，奠桂酒兮椒浆。”《楚辞章句》云：“椒，香物，所以降神。”看，沿着一缕花椒的芳香，神仙便可以驾祥云登临。《离骚》中又写道：“昔三后之纯粹兮，固众芳之所在。杂申椒与菌桂兮，岂惟纫夫蕙茝！”是说当初大禹、汤、文王的品行多么完美，所有的贤臣都簇拥在他们周围。这些香草啊，不止有兰蕙与芷草，还有花椒与桂树杂陈其间。

我家吃花椒，也吃鲜嫩的花椒叶。可凉拌，春夏时节，采取新发枝条上的叶尖，入水氽，滤水，佐以香油、青盐，舌尖上荡漾着春天的气息。亦可油炸，裹面，盐少许，入油，食之酥脆，鲜香，有夏日田园之味。

椒兰珍贵，所以古时帝王用作涂料，无须大跌眼镜，一部漫长的中国史，就是一条穷奢极欲之路。《九歌·湘夫人》：“筑室兮水中，葺之兮荷盖。荪壁兮紫坛，播芳椒兮成堂。”把王室修建在水中，把荷叶盖在房顶，用紫贝做中庭，用香荪涂墙，还要把一捧花椒撒满厅堂，有的甚至直接用花椒水做成涂料，于是衍生出“椒房”“椒殿”“椒兰院”等多种词汇。“椒阁”，则成为女子闺房的美称。

如此看来，我家的花椒树不过是下里巴人，匆匆行走在季节的路口。春来了发芽，夏日里开花结果，到了秋天结出红红的果实在乡村招摇。做饭的当口，东家婶子，西家大娘，你一把我一把，摘了丢进锅里，让日子也飘溢出一缕椒兰之香。这是村庄的素朴味道，给清贫一缕馨香，给简陋增添滋味。

花椒有刺，玫瑰有刺，常见电视里一个傻小子捧出一捧红艳艳的玫瑰半夜敲响女孩的房门，对视中，以花朵俘获芳心。

岂知老祖先更有一手，这一幕记载在《国风·陈风·东门之枌》。“东门之枌，宛丘之栩。子仲之子，婆娑其下。穀旦于差，南方之原。不绩其麻，市也婆娑。穀旦于逝，越以鬷迈。视尔如荍，贻我握椒。”东门种的是白榆树，宛丘种的是柞树。子仲家中的好女孩，在大树底下曼妙起舞。正是良辰美景天，让我们一起去南方的平原吧。搁下手中纺织的麻，在集市上跳起欢快的舞蹈。既然我们已经那么相熟，你长得好像一朵锦葵花，又送我一大束花椒，我们何不就此相爱到白头？

花椒定情，此时那位花椒树下的女子，一定心旌摇荡，眼神望向云天外。

吃辣与当家

辣椒是乡村的点缀，秋让草木暂时休眠在轮回的轨道，一串辣椒挂在乡村的土墙上。月光流泻，在路经瓦当时稍作停留，想该如何以月光之手抚摸这静夜中的红。

乡村以红为图腾，大红公鸡，红喜帖，红红的春联，就连灶坑里的火光，也比城市里红得热烈。这是底层的生命力，尽管日子瘠薄，身体里还是汩汩流淌着鲜红的血液。辣椒不得不红，辣椒经过一个夏日的生长，成熟了，脸色红润了，筋骨里的辣充盈着，怕是就要唱一曲《辣妹子》了——辣妹子从小辣不怕，辣妹子长大怕不辣。

辣妹子辣得热烈，但保持着少女的矜持。你不惹我我不辣，你若惹我，上天入地也要辣你个龇牙咧嘴。我小时候就怕遇见属辣椒的姑娘，心里念着，辣椒姑娘从身旁走过，瞥一眼，递过来一个热辣辣的眼神，像在说，看啥看，青不溜秋的生瓜蛋子。谁又不是从青瓜蛋子长成的呢？许多年之后遇见，姑娘说，小小年纪就那么拽，不跟你说话还不理人了。

这是典型的辣椒后遗症，不吃吧，看得口舌生津；吃吧，又怕辣坏了胃肠。

我们村管辣椒叫秦椒，我问过村里最有文化的老教师，老教师把眼镜往下一拉，在字典里翻了好久，也没说出个所以然。后来看书，才知道是两个不同的概念。

实际意义上的秦椒，是指秦地的花椒，主要分布在关中八百里秦川。陆机在《毛诗疏义》中写道：“今成皋诸山有竹叶椒，其木亦如蜀椒，小毒热，不中合药也，可入饮食中及蒸鸡、豚用。”区别于蜀椒和东海诸岛上的野花椒。与我们村使用花椒的方式大致相同，无非是炖鸡、煮肉，用于烹饪菜蔬。

后来的秦椒就是指辣椒的一种了。辣椒家族庞大，有青辣椒、尖辣椒、番椒、海椒、辣子、辣角、秦椒等，仿佛辣椒开会，其场面必定热烈欢畅，把酒言欢，来自五湖四海，为了一个共同的目的——把所有辣椒团结起来，辣他个底朝天。

我吃辣椒，是年少不知天高地厚。刚上一年级，母亲做了橡皮窝窝，就是纯天然无污染的地瓜面窝头，黑黢黢，摔在地上能弹起三尺多高，也有嚼劲。窝头蘸辣椒，在家吃了两个，上学的路上又拿了两个边走边吃。辣椒酱盛在窝头里，我走在通向知识殿堂的大道上。课上到半截，横折弯钩的钩还没提上来，人就抱着肚子瘫在地上。

这是辣椒带来的教训，我们村有句话叫：吃辣椒下馍。能不下馍么，一边辣得龇牙咧嘴喊娘，一边还是不管不顾往嘴里塞辣椒。

云贵湘川渝更是无辣不欢，好像每个人都是在辣椒地里出生的。在鲁院，我看同学海燕用老干妈拌饭，白亮的米粒被染成热烈的红。有人说南方湿气重，吃辣椒是为了排遣体内湿毒。听来好像有那么点道理，但又觉得不全是，如同说山东人善饮酒，我看到的大多是愣充英豪，喝多了也醉，不是唱就是哭，全然没了英雄豪气。

辣椒是舶来品，属于行走在路上的吉普赛人，伴随殖民主义传入欧洲，15 世纪后期传入日本。在中国有关辣椒的文字记录，在高濂撰写的《遵生八笺》中这样写道："番椒丛生，白花，果俨似

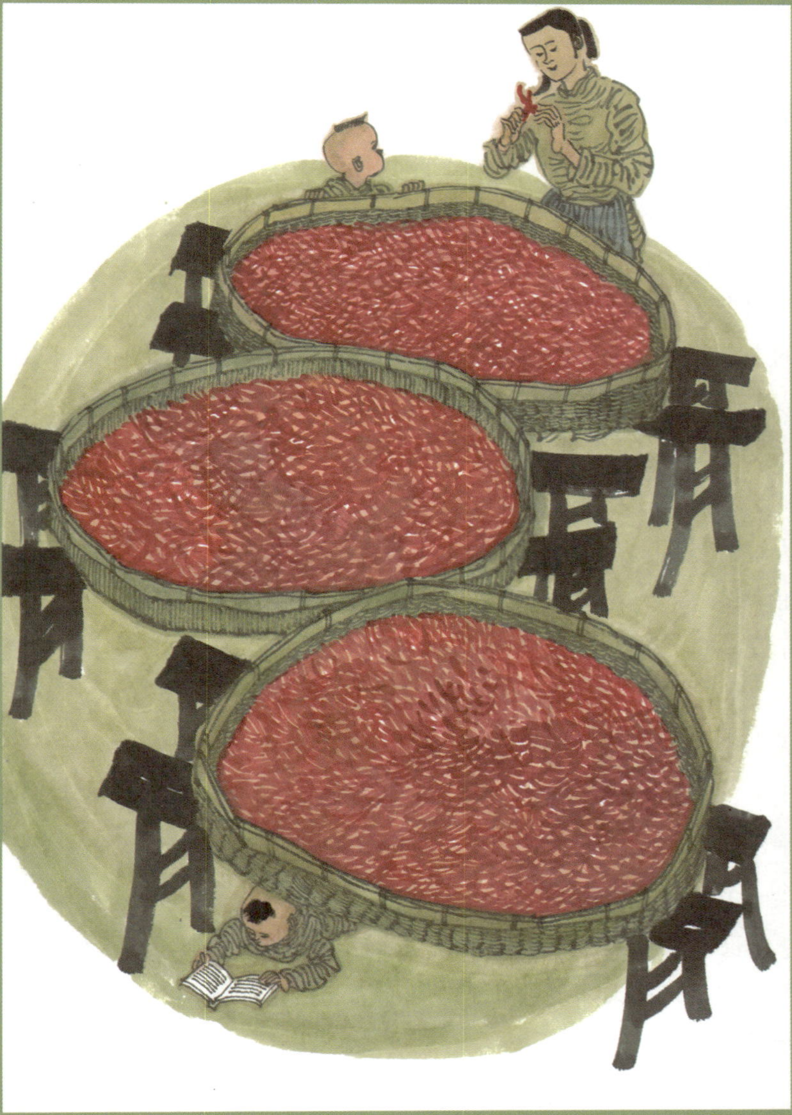

秃笔头，味辣色红，甚可观。”是够可观的，那日路经一片辣椒地，霜打后的叶子枯黄萎谢，红艳艳的朝天椒像在发出天问——为何遍地红辣椒无人采摘？为何辣椒价钱一落千丈？为何有人不解这生命之红，在下一番霜雪来临之后，只剩下空荡的辣椒皮囊？

能吃辣会当家，也是村里口口相传的一句谚语，说但凡能够吃辣的男人或女人都能把家捯饬得井井有条。这是要付出代价的，必须以花婶举例说明。

夜色那么深，花婶深一脚浅一脚，去取寄藏在麦草垛里的一棉布袜子麦子。白天别人翻场轧场的当口，花婶打了一个谎，说肚子疼去解手，顺手从怀里摸出来藏好的麦子，埋在麦草垛下，用乱草盖好。偏巧，一束灯光照过来，队长牛三发现了花婶，第二天在村里示众。

牛三明明知道花婶刚生了孩子不久，缺奶水，却紧揪着不放。让人拿了一串辣椒，说是认罚还是认吃辣椒。认罚，把藏下的粮食交出来，再减半个人的工分；认吃辣椒，就把这串辣椒当众吃下去，算平民愤。花婶二话没说，把孩子交给男人，当着众人面，把辣椒一个一个揪下来塞进嘴里。

是夜，花婶脸上豆大的汗珠一直冒，疼得在床上打滚，最后死去般虚脱，好些天才缓过劲来。打那天起，花婶男人把当家权全交给了花婶。

吃辣与当家有没有因果意义上的关系我不知道，但能吃辣椒的女子颇有一股侠气，一盘青青红红，一路风风火火。

姜母

姜有点年老色衰，适合冷藏，就像失宠的嫔妃，被打入冷宫。冷就冷了，看透了世间繁华，原不过是镜中幻象，如泡如影。母亲做饭，要用姜，喊我去红薯窖取。红薯窖就是一眼土窖，像乡村之眼，通往大地深处。我喜欢在红薯窖里待上那么一会儿，万物静寂，时间静寂，听不见人欢马叫，也看不到花红柳绿，近似母亲的子宫，仔细倾听，可听见地脉中的流水与远年的风声。

那个叫姜的女子也喜欢这样的静寂，无暇理云鬓，贴花黄。眼见草青了，草黄了。眼见雁去了，燕来了。一只木鱼敲冷了月色，敲响了黎明，醒来在我们简陋的村庄。村庄也是偏僻之地，许多年，庙堂高高在上，累死了驿马，跑老了驿人，也没能疏通江湖路。

远年不是这样，姜是姜子牙的姜，是神农的姓氏。神农也是首领，作为五氏的最后一位神，结束了一个饥荒的时代，他的部落被称作神农部落。神农通神，目光如炬，走过远年的荒野，拔一株草，摘一片叶塞进嘴里，能通过透明的肚皮看见植物在肚子里的反应。如此，就能分辨出什么植物可以食用，什么植物吃了要人小命。

有传说，神农在尝试百草的过程中，误食了有毒的蘑菇，眼见一朵色彩斑斓的蘑菇在肚子里生成一股黑色。神农知道怕是要不行了，便用兽皮制作的衣物盖上透明的肚皮，躺卧在一片青草丛中。这时看见有一株叶片狭长的植物，顺手拔起，甚至没来得及擦掉块根上的泥巴，就塞进嘴里。没过多久，肚子里咕噜噜传来回声，一派澄明。神农姓姜，于是这有着狭长叶片的植物被取名“生姜”。

一生姜，姜生天下农，农为社稷之本。无意间，一株沉默的植物在尘世苏醒。姜可以做成姜片、甜姜、姜酱、姜糖、姜汁，怎么方便怎么来，物尽其用。我喜食姜，倒不是说“冬吃萝卜夏吃姜”打动了我。我这人执拗，以为人与万物没什么不同，没必要天天守在电视机前看所谓的专家教授一会儿说要吃蒜，一会儿又要说喝绿豆汤，一会儿又说松针泡茶可长寿百年，以至于物价动荡不定，马路边上的大小松树一夜间成了裸体。这是现代人的功利心，用唯心主义代替客观理论。姜丝、姜片入锅，一丝暖从姜里升起，渗透进果腹的食物，随性就好，生老病死原是自然常态，我们只不过从万物之中撷取草木精魂，用以陪伴百年孤独。

多年前路经莱芜，看田野上一垄垄植物用黑网遮阴，一问才知是姜。姜喜阴，需要温暖湿润的气候方可正常生长。根系不发达，适合寂静的田野。所以纵观姜的一生，是付出的一生，伟大的一生，在烹饪史上独善其身，留下了一世英名。

我愿意为姜做出如此空洞的抒情，尽管姜并不贪图虚名。另一种姜更是出身卑微，身影遍布我们村房前屋后。

这就是洋姜，又叫菊芋，像微缩版的向日葵，也是颗颗红心向太阳，每日里随着太阳行走的轨迹，从东望向西，叶、干也神似。在我们村最主要的使用方式就是腌制咸菜。秋来，不用镐、锹，只需双手一顿，连姜带根就拔了出来。很像简短的小品文，不用太多说教，就能说明事物生成的道理，也不要所谓的草蛇灰线，深浅一根筋，便得要领。

孔子曰：“不撤姜食，不多食。”是说吃姜大有裨益。朱熹又

做了进一步阐释，说：“姜能通神明，去秽恶，故不撤。”另有一首打油诗：“一斤生姜半斤枣，二两白盐三两草，丁香沉香各半两，四两茴香一处捣。煎也好，泡也好，修合此药胜如宝。每日清晨饮一杯，一生容颜都不老。”更是详细地把姜纳入组方之中，传言说是东坡所作，我看悬，可能是哪位悬壶济世的老先生为了推荐自己的药物配方，随口吟出，牵引出一片旺盛的姜田。

姜是老的辣，说的是姜种，也叫姜母，风风雨雨中积聚了母性情怀。母亲以姜煮红糖水，嫣红中透着一丝清辣，入肚，盖上棉被，可治伤风感冒，一时三刻悠悠醒来，出了一身大汗，通泰如初洗的婴孩。

一位叫葱的女医官

葱不肯老，葱有自己的青葱岁月，白是白，青是青，生长在我家的菜园子里。葱有北人相，是那种骨节高大的女子，沉默，含蓄，入得烹饪后宫，只是清清爽爽往那一站，便让人不可忽视。

想不起来还有不用葱可以做的菜肴，起码在我们村，炒时令菜蔬，或者鸡鸭鱼肉，都离不开葱丝、葱花、葱末、葱段。不能叫芳醇，有些植物的味道本身就是原野之味，要的就是那股清辣绵长，要的就是那份青青白白。

母亲做面，一把擀面杖风风火火，面是麦的筋骨，柳木的擀面杖就是撬起日常生活的杠杆，支点放在一棵葱上。须臾，铁锅里沸水开花，菜刀切面的声音急促如时间的脚步。此时，面是天的圆，案板是地的方，天圆地方间，母亲把乾坤折叠，条分缕析，丢入熬煮流年的铁锅里。再加两勺青盐，几滴香油，日子好的时候兴许面下还卧着两个荷包蛋。葱花青绿，荡漾间恍惚母亲还在面前。

母亲走了，菜园子只剩下几株孤零零的葱。秋来开球状白色花，蝴蝶蜜蜂嗡嗡嘤嘤；春来细小的葱尖顶着几粒莹润的露珠，折射时光，也折射出母亲劳碌的身影。

我们村吃葱，最豪爽的是圪蹴在北风苍凉的大街上，一碗地瓜玉米糊摆在面前，筷子上串了三五个馒头，一根大葱一尺多长，咔哧一口，馒头就着葱在喉间滚动。有一年在齐齐哈尔，从脚手架上下来，地上摆着一堆黄瓜、萝卜，一盘酱，当然还有一捆洗好的葱，忽然觉得人类凶猛，就那么狼吞虎咽，一畦青绿的小葱转瞬就祭了五脏庙，有些残忍。

葱不记仇。“丹葩信不类苹蒿，雨后常抽绿玉条。此草岂宜弃调食，瘦茎欲比沈郎腰。”这是元人陆文圭的诗句，葱有信，不以花果示人，雨打青葱葱且直，瘦腰堪比沈郎。这里的沈郎可书一笔，沈郎为南朝史学家、文学家沈约，出身于“江东之豪，莫强周沈”中的沈家，祖父沈林子，南朝宋征虏将军；父亲沈璞，宋淮南太守，元嘉末年被诛。只剩下年幼的沈约孤贫流离，却笃志好学，后博古通今，诗文绝佳，历任宋齐梁三朝，著述颇多，唯《宋书》仅存。

葱亦有志，生长于乡野民间，贯通天地精神。初秋风雨后，母亲让我扛着一把铁锹去葱田，将葱沟高高培起，土有多高，葱白便能生长多高。这是另一种鞭笞，出脱于泥土，拉近大地与天空的距离。秋后葱林，郁郁葱葱，收获之后，葱可与人比肩。

“双眸剪秋水，十指剥春葱”，用来形容女子之美。但对尘世来说，葱就是一位流落民间的女医官，“除瘴气恶毒。久食，强志益胆气。主诸恶載、狐尿刺毒，山溪中沙虱、射工等毒。煮汁浸，或捣敷，大效。亦兼小蒜、茱萸辈，不独用也”。除却烹饪之功，葱的药用价值可见一斑。

《张世经验方》一书载，将葱放入灰烬中煨烤，去除葱皮，把流出的汁液涂抹在跌打损伤的地方，并不间断地敷上热葱，伤口会很快愈合，且不留伤疤。并说及昔日李抱真当判官的时候，脚趾被军士用棍棒打伤，指甲都被打落了，开始他用金疮药抹，饮酒止痛，都未见效。有个军士就告诉他用煨烤的葱来治，一时三刻，换了三次，脸色很快红晕起来，疼痛消失。这是一棵葱的神话。

猪鼻子插葱，是我们村流行的一句歇后语，是说一个人本无多大本事，非要吹嘘自己，到底还是出了洋相。我写作也是，从开始摸爬滚打，到现今的滚打摸爬，始终未得要领，幸好有村庄做伴，乡村相陪，那么多年的乡村生活经验作为线索，才能继续到今天。好在没出过什么洋相。

一想起葱来，鼻息有通透之感。如果选择，我宁愿选择土相，从一片葱郁的葱田里拍打上岸，并没把自己当根葱，一篇文字结束，就算还了一个土地之愿。

毕竟，葱通窍，强志益胆气，跟随一位叫葱的女医官上路，走向另一片青葱之地。

大茴香

及笄之年的茴香丰腴，青涩的面庞面对山野，那香是天然的，有着露珠的纯，月光的皎然，以及山间小兽轻柔的呼吸。花该开时开，该落时落，茴香就长成了一位身有异香的女子。

茴香下山，八角尖尖，有暗夜星子的微光，流落民间。流落民间的茴香与蚕豆同煮，就成了先生笔下有名的茴香豆。孔乙己踱进店来，手指轻扣桌案。酒就温了，茴字的几种写法颇有古韵，在木纹里渐渐洇开。有人笑，有人报以悲悯的审视。这一生穷困潦倒，因了茴香的香与甘，痛也减轻了许多。

八角是大茴香的乳名，几粒入锅，母亲做的红烧肉扣碗就有了岁月的颜色。姜是姜块，葱是葱段，几枚花椒在油色中点缀，伴随大茴香度过轻奢的乡间时光。

大茴香，据书所载，功专入肝燥肾，凡一切沉寒痼冷而见霍乱。滋味须细嚼，香意朦胧，其味甚甘，较之吴茱萸、艾叶，更属不同。而谓除沉寒痼冷，犹如女子体香。盐水炒，加酒甘味愈浓，若飞天旋舞于草尖之上，陶陶然，熏熏然，飘飘然。

小茴香

小茴与大茴，一在山野，一在庭院，小茴娇小，大茴痴情缠绵。母亲钟爱小茴，就像呵护最小的儿女，沿着花椒树篱丢下几粒籽，就发出几棵茴香芽。风呀雨呀，小茴耐不住风声雨势，点缀的水珠便可将细弱的腰肢压弯。

可掐几缕小茴枝叶，细细长长，拌入温暖之面，做成茴香花卷。一层麦香一层茴，就像日子叠压着日子，过也过不完。小茴又称小怀香，再柔弱的心思里也藏着几缕青涩的思绪。如邻家女孩，隔着土墙柔柔地唤，唤醒乡村少年的情怀，与岁月结盟，与乡村相恋，从此后，哪怕山高水远，梦中也有一声轻柔的呼唤。

陶弘景说："煮臭肉，下少许，无臭气，臭酱入末亦香，故曰茴香。"李时珍说："俚俗多怀衿衽咀嚼，恐怀香之名，或以此也。"茴香不厌穷，也不谄富，细细小小几粒飘荡于白色浓汤，入鱼、肉、酱，去腥增香。小茴亲胃，丝丝缕缕，温肝暖胃，行气止痛。亦可入粥，散寒止痛。

忽而岁月远，母亲的小茴站在土墙下巴望，望不尽的天，望不尽的地，望不透一层一层时光的暖寒。夜就黑了，黑暗中的小茴香，向天国散发出缕缕芳香，点亮星之眼。

丁香

丁香生南地，“撑着油纸伞，独自彷徨在悠长、悠长又寂寥的雨巷。我希望逢着一个丁香一样的结着愁怨的姑娘”。丁香姑娘一入北地，有些陌生，有些彷徨，那扯天接地的雨呢？那丁香花开一般的桐油纸伞，都去了哪里？

丁香结着愁怨，一不小心嚼在嘴里，舌尖是接连神经的苦怨，是谁倾覆了一场雨，是谁让那愁怨从未烟消云散？《雷公炮炙论》曰：“凡使（丁香），有雌雄，雄颗小，雌颗大，似枣核。方中多使雌，力大，膏煎中用雄。”让人醍醐，公丁香、母丁香，怪不得酒入愁肠，自别后，一念凄凉。

鲁迅旧居有两株丁香树，一株高大，枝叶倾向屋宇；一株娇小，散乱了心绪。屋内朱安女，一生孤独，侍奉婆母，那木格窗棂通向小小后花园，谁是谁的劫，谁又是谁一生的挂念？有人笃笃叩门，言及先生手稿可换银钱。女不诺，一声叹，守住孤独流年。只听见木鱼声声，“你们有没有想过，我也是鲁迅的遗产”。

谁说不可比，久患心腹冷痛，丁香可与肉桂、干姜相伍，一杯暖酒入愁肠，可镇惊祛风寒。

紫蔻

豆蔻年华，杜牧最是知味，“娉娉袅袅十三余，豆蔻梢头二月初。春风十里扬州路，卷上珠帘总不如”。十里扬州，看遍万千繁华，却原来众芳丛中藏着一朵含苞待放的豆蔻花。眼如瘦西湖里的水波，清澈婉转；眉如春山一角，柳叶弯弯；一双柔荑之手，点染间绿了阳春二月。

豆蔻又叫紫蔻，就像一位少女的小名，姜科植物，腰肢清瘦，有温中行气、健胃消食之功。年少时随母亲赶集，卖十三香的小贩把一面红布铺开。“这一包，包得精，各位师傅你听清：我家住在河北唐山滦南县，地震没死来卖十三香。曾记得，七六年七月二十八，凌晨三点多蓝光闪，大地立刻裂断层……”我就想，这一定是一位豆蔻少女的父亲，千里迢迢来到这里，就是为了养家糊口；而那可爱的女子，也会日夜在废墟上的村庄守候，盼日盼夜，盼村口走来一个疲惫的身影。

鞭炮响了，春节就要来到，母亲听罢小贩一段唱，包了一包作料，豆蔻一闪身钻了进去。气味苦香，味道辛凉微苦，有乡间日月的无奈与忧伤。母亲常常用来煮羊汤，水在沸腾，羊肉在翻滚，欢庆的日子里，豆蔻连着另外一座大地上的村庄。

木香

木香为木，粗糙的纹理掩饰不住如蜜之香。李时珍在《本草纲

目》中写道："木香，草类也。本名蜜香，因其香气如蜜也。缘沉香中有蜜香，遂讹此为木香尔。昔人谓之青木香。"木香花开，其色淡黄，一定有嗡嗡的蜜蜂前来，驻留在花蕊中，流连在木香叶下。山野植物，饮的是露珠山泉，听的是涧声鸟鸣，那香就丝丝柔柔，隐进一段木头里，隐进一截根须中。

这是时间的赐予，让万物在大地上蓬勃生长。一株五根，一茎五枝，叶间五节，亦名五香，说的就是青木香。《三洞珠囊》云："烧之能上彻九天也。"

我有些不解，拿起一块青木香，枯枯黄黄，棕褐色的断面上有很多小孔，仿佛在自由呼吸。其放射状纹理，好像哺育万物的日光从未离去。凑近，浓烈的香扑面而来，像是打开春天的蜜罐，味道先甜后苦，冥冥之中，暗合了一段跌宕起伏的人生。

木香顺气丸，有行气化湿、健脾和胃之效。人在尘世行走，难免遇见劫难之事，或为公正大声疾呼，或为民间伸张正义，或有邻里不睦，积郁于心。气行瘀滞，翻遍药方，终于看见一截陈年木香。木香为领，砂仁、醋香附、槟榔、甘草、陈皮、厚朴、枳壳（炒）、苍术（炒）、青皮（炒）、生姜，水火熬煮，提炼出小小一丸。

上彻九天，原来是一段木香在人间。

砂仁

十步杀一人，千里不留行。听起来杀机四伏，实则不然。杀人者，是说燕赵悲歌多壮士，侠客虽为布衣，却也大智大勇，天子之怒可流血千里，而布衣之怒可使天子血溅五步，皆为心怀天下怒。砂仁不怒，原产东南亚，一衣带水间，来到岭南山泽。

我看砂仁，生长于山坡野地，茎似高良姜，高三尺有余，叶青翠，长八九寸，根部多绵延，如一片旷古密林。根连着根，绵延的根节间发出新芽，长出果实，毛茸茸，极似五月青梅。《本草纲目》云："义未详。取其密藏之意。此物实在根下，仁藏壳内，亦中此意。"原来它将秘密纳藏于根，而仁在壳内，缩藏起万丈杀心。

砂仁有爱，味辛，性温，如乡间善良女子。归脾经、胃经、肾经。化湿开胃，温脾止泻，理气安胎。

这就是了，乡间生活简单、忙碌，常有母亲五月胎动而疼痛难忍。砂仁在，温而不烈，利而不削，和而不争，通畅三焦，温行六腑，暖肺醒脾，舒达肝胆可顺不平之气。眼见着母亲紧皱的眉头渐渐舒展，腹内的胎儿透过氤氲之光看见如初的世界。每一个母亲都是乡间的圣母，每一个子女都是母亲在生命之根孕育而成。你若走过五月间的砂仁丛林，仔细倾听，能听见汩汩的血脉，脐带长长，像一条搏动的生命之河。

——那是我们不变的来处与归途。

桂皮

桂皮也叫官桂或香桂，单从名字上就能闻得一股奇香。重点还不在这里，桂皮绑缚在一起，就像一卷卷竹简木牍，透着岁月的暗香。你可想见，一位流落民间的宫女，一想起曾经的柳绿花红、小桥流水，就忍不住在手帕、鞋垫或者檀香扇上，记下一些奇奇怪怪的符号。只适合女子之间相互交流，在闺阁代代相传。

《摩西五经之出埃及记》中写道：“（用膏油涂抹）要使这些物成为圣，好成为至圣，凡挨着的都成为圣。”其中的膏所用的香料便来自中国，取香桂肉、菖蒲、桂皮、橄榄油，按做香之法，调和成圣膏油，涂抹在器物以及人的身上，乃至成圣。

这是草木的光芒，以一缕缥缈的香气为指引，通达神灵。你无法穷尽大地上的事物，也不能全然理解一株草木在时间中如何奔跑转化为圣灵。只要细细地看，静静地听，就能听见草木里奔腾的河流。

桂皮味辛甘，补元阳，暖脾胃，除积冷，通脉止痛。乡村有桂，让人不得不感叹流年。轻轻抽出一卷桂皮的竹简木牍，放入时间之水，熬煮中，村庄的女子老去了容颜。

白芷

白芷来自《楚辞》中的诗句：“沅有芷兮澧有兰，思公子兮未敢言。”其中的芷便是白芷，除此之外，茝、药、虈、莞也是白芷在《楚辞》中不同的叫法，白芷是出现在《楚辞》中次数最多的香草。沅水上的白芷草啊和澧水上的兰花香，我思念着湘夫人却不敢明讲。只好神思恍惚望着远方，看一江春水在身边缓缓流淌。这是湘君之念，借一株香草驰神遥望，祈之而不来，盼之而不见。

生在乡间的母亲不懂这些，但丢几片白芷在沸腾的鸡汤中，香气便增添了一缕。太多的时候，我们不能苛责村庄里的母亲，她们也有白芷一样的青春，她们用天然的乳汁哺育了我们，只是后来的后来，母亲老了，枯瘦的骨节想要再次握住儿女的手，却抓住一阵虚无的风。

“行清洁者佩芳，德光明者佩玉。”《神农本草经》介绍白芷时这样写道：“名白，芳香，列为中品。味辛，性温，主治女人漏下赤白，血闭阴肿、寒热、风头侵目泪出，长肌肤，润泽，可作面脂。”这是上天的眷顾，用一缕草木之香呵护生在乡野的女儿们。月缺月圆，盈亏间她们在暗夜中穿行，恰似一束光，内可治愈身体的疾痛，外可润泽肌肤。

女人如花，一株白芷生长在丛林下、溪水旁、山谷草地，只等母亲来采摘。

山柰

山柰之味，我边想着边从作料包中取出一片，含在口舌间，一股久远的香，一缕深厚的苦，一丝跳跃的辣，瞬间遍布味蕾。山柰又名沙姜、山辣，无论如何都没有脱离一股山野的辣。在冬季采挖，洗净，去除根须，切片，晒干，就成了药柜或作料摊子上的山柰。

山柰形状似姜，温中化湿，行气止痛，可治胃肠炎、消化不良，尤为神奇的是可治牙痛。乡村的夜晚很静，星子在天，路旁的杨树柳树在风中摇了一下，重归静止。“哎哟哟——哎哟哟——

哎哟哟——娘啊”，寂静中传来老黑叔直喊牙疼的回声，惊起一只守夜的猫头鹰。九奶颠着脚将几片山柰碾成末，卷在纸上熥热，吹入老黑叔的鼻孔内，一会儿便止住了疼痛。这方记在《仁存方》中，不知何时流落在我们村。

是有些怪，我家邻居开渔具店，常备一些山柰，说是可做鱼饵。把山柰、大米、酒一起放进瓶中浸泡，半月可以启用。制作钓饵的时候把碾碎的山柰放入鱼饵中，投入水中，鱼便纷纷上钩。

另外，山柰可治疗鱼骨鲠喉，这一钓一治中似乎隐喻着什么。天知道，世间偏偏有人以德报怨，不知能否治疗这人间恶疾？

辛夷

玉兰花开，有丰腴之美，穿过千年月光，梦回大唐。我去鲁院，正值阳春三月，玉兰刚刚吐露芽苞，毛茸茸，在风中摇曳。继而，花乱开，好像听见春天赶着马车远去的声音，一朵挨着一朵，一枝压着一枝。

辛夷即是玉兰的芽苞，《神农本草经》中也叫侯桃。花开到初夏，叶子爬满枝条，花瓣这才落下，一片片似斑驳一地的月光。又说：“初发如笔头，北人呼为木笔。”这种叫法看来更为典雅，像一位名字叫辛夷的女子，手执一管纤柔羊毫，写下光影旧事。

“问君辛夷花，君言已斑驳。……韩员外家好辛夷，开时乞取三两枝。折枝为赠君莫惜，纵君不折风亦吹。”这是元稹专写辛夷花的一首诗，有一种别样的惜爱之美。即使不折下三两枝来送君，风一过也是片片凋零。

《本草纲目》曰："辛夷之辛温走气而入肺，能助胃中清阳上行通于天，所以能温中治头面目鼻之病。"是说辛夷通气入肺，能治疗风头脑痛，也可通窍明目。只是可惜那一树好花了，尚未向天空绽开笑脸，便入得一锅奶白的浓汤之中。

我惊诧于辛夷的瘤形果实，呈细长排列状，初而青，继而红，千百不一，思忖到今，未得其解。

独活

独活一词可见骨气，生于风沙漫漫之地，山野贫瘠，一茎直上，不为风摇。恰如山野之人，天生地养，饮甘洌之泉，食田园五谷，走阡陌小径。独活又名羌活、胡王使者，很容易让人联系到暮色已晚，夜风中走来一位出身民间的使者，家与国装在心中，霜与雪踩在脚下，就这样一路行走，为的是国泰民安。

独活春生，从岩石夹缝中探出头来，叶青如麻，六月花开遍野，有黄有紫，更有青白如云者，缠绕在山涧古树。

《证类本草》曰："今出蜀汉者佳。春生苗，叶如青麻。六月开花作丛，或黄或紫。结实时叶黄者是夹石上所生，叶青者是土脉中所生。"独活取根，初春刚发芽或秋末茎叶枯萎时采挖，烘至半干，去掉根上的泥沙和乱须，堆置两三天，等到发软之后切片烘干。

我乡是偏僻之地，不知从何朝何代开始以药材为作料，或苦涩，或甘凉，或馨香，或辛辣，布满味蕾。药须配伍，作料亦是，素食

李
記
福

与荤食，用料各不相同，所得滋味，皆有草木原香。

独活散寒止痛，故祛风湿诸病。独活汤，与当归、白术、牛膝等同用，可治风寒湿痹证；若与桑寄生、杜仲、人参为伍，可治腰膝酸软、关节屈伸不利。这是野草的启示，以清正骨气入四肢百骸，方可顶天立地。

灵草

甘草有灵，生长在碱性的野地，只要有阳光就好，只要有南来北往的风，就能度过简单的一生。灵草在呼吸，疏松的茎干中输送着生活的甜美。就像一个乡下人，箪食瓢饮，也觉得生活充满美好。

我看《白蛇传》，白娘子白衣飘飘去往天庭盗取灵芝，不过是一位痴情女子用以表达爱情的最好方式。那不是灵草，我不过是想窃取一段意象，捕捉生在乡野植株中小小的精灵。很久很久以前，因为甘草之灵，南朝医学家陶弘景便称之为“国老”，并曰：“此草最为众药之王，经方少有不用者。”

父亲也用，日子潦草买不得好药，母亲只好去中药铺里抓一包草药，那草药中最多的就是甘草。炉火红红，父亲躺在床上喘息，多年的疾病集于一身，灵草成了父亲最后的救命稻草。药锅沸腾，一股弥漫的药香在老屋游荡。我想，日子终归会好起来吧，至少不会捉襟见肘，在亲人罹患病痛时束手无策，只剩下满目凄凉。

生甘草能清热解毒，润肺止咳，用以调和药性，引领中草药们徐徐前行，护佑着窘迫的村庄；炙甘草能补脾益肾，就如甘草自身，随便撒一把种子，野地上便可蓬勃丛生，任由风驰雨骤，任由人世炎凉，只在苦熬中提取那一丝丝甘凉，疏通村庄的命脉。

野草有性，我不过是在借一株株芳草追问那些消逝的岁月。每一株野草中都藏着一个跳跃的精灵，每一个植物精灵都会在夜色中闪烁生命的微光。药与食，食与药，无论走的是哪一条道路，都能通向我们的血液与肺腑。人草共生，在寒凉的世间有诸多芳邻陪伴，看看眼下的天空与大地，除了致以深深的歉意你还能说些什么？